草莓村

〔日〕福永令三 著

〔日〕三木由记子 绘

李讴琳 译

人民文学出版社

PEOPLE'S LITERATURE PUBLISHING HOUSE

著作权合同登记号　图字 01－2023－1708

图书在版编目(CIP)数据

草莓村/(日)福永令三著；(日)三木由记子绘；
李讴琳译. —北京：人民文学出版社，2024
（蜡笔王国）
ISBN 978-7-02-018387-6

Ⅰ.①草…　Ⅱ.①福…　②三…　③李…　Ⅲ.①童话-
作品集-日本-现代　Ⅳ.①I313.88

中国国家版本馆 CIP 数据核字(2023)第 227213 号

责任编辑　李　娜　李　殷
封面设计　李苗苗

出版发行　人民文学出版社
社　　址　北京市朝内大街 166 号
邮政编码　100705

印　　制　杭州钱江彩色印务有限公司
经　　销　全国新华书店等

字　　数　71 千字
开　　本　787 毫米×1092 毫米　1/32
印　　张　5.5
版　　次　2024 年 1 月北京第 1 版
印　　次　2024 年 1 月第 1 次印刷

书　　号　978-7-02-018387-6
定　　价　35.00 元

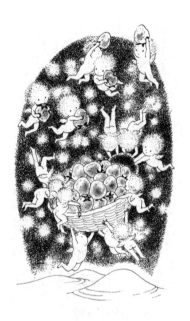

目　录

前言

　　"这件事我还是头一回听说呢。"嘶哑的声音从小正黏糊糊的口腔深处挤出来。

　　"是呀，所以，外婆也和那时候买给你妈妈的一样，特地给你买来了十二色的小蜡笔哟。外婆小时候，二十四色的蜡笔是最大盒的，我那会儿可想要了，现在呀，连三十六色都有了。"

　　躺在床上的小正闭上了眼睛。

　　"您可以回去了，外婆。"

　　外婆看看钟。

　　"那我明天六点来。"

“可以再晚点儿。”

“我还能再早点儿呢。天一亮我就来。”

外婆转过身，用小小的、圆溜溜的脊背对着他。

“您别告诉妈妈哟。”

“好的，好的。”

外婆的拖鞋在地上“吧嗒吧嗒”的声音越来越小。一阵朝气蓬勃的笑声突然响彻楼道。那是护士的声音。一定是外婆在护士站前和护士说了些什么。

然后，四周变得鸦雀无声。

—— 要是能痛快地喝上一杯凉水，把这嗓子眼里黏糊糊的感觉全都赶走就好了，其他的我什么都不想要。

—— 可是，我无论如何也要忍耐到明天早上。因为切开肚子做盲肠手术，是今天早晨才发生的事。

爸爸妈妈正和邻居们在澳大利亚旅行。小正说，学校里有少年棒球队的预选，他就不去了。澳大利亚的考拉也好，袋鼠也好，和棒球相比都没有太大吸引力。毕竟他是五年级甘布罗斯（Gambarous）棒球赛排名第三的击球手。

—— 早知道事情会变成这样，反正打不成棒球，我还不如去澳大利亚呢。不过，要是在那里肚子疼起来就更麻烦了。所以幸亏没去呀。

小正的目光落在床头柜上那个小蜡笔盒与素描本上。

—— 我知道妈妈也切除过盲肠，但我不知道，那同样是在五年级的春天。蜡笔的故事我也没听过呢。

小学五年级的妈妈做盲肠手术的时候，外婆也带了蜡笔和素描本到病房。因为妈妈喜欢画画。结果，在妈妈的睡梦中，蜡笔一支一支依次出现，给她讲了非常有趣的故事。妈妈把故事画下来，讲给了外婆听。

小正并不是很喜欢画画。他也做过各式各样的梦，但是有蜡笔出现的梦，他一次也没做过。

—— 外婆是想安排得和妈妈那时候一样啊。

小正觉得自己明白了外婆的心思。妈妈那时候，手术过程肯定很顺利。外婆一定是认为，如果安排得和那时候一样，小正也能同样地快快康复。而眼下，自己不就已经感到仿佛回到妈妈那个时候了吗？对了，当确定外孙需要在父母双方不在场的情况下做手术后，外婆不仅没有惊慌失措，反而精神抖擞、干脆利落，像重返青春了一样。

就算是为了外婆，我也想梦见蜡笔呀——小正想。如果这些蜡笔能像妈妈那时候一样给小正讲故事，外婆该多高兴啊。

小正闭上眼睛打算睡觉。

"蜡笔，蜡笔，出来吧。"他在心里说。然后，他就开始打盹了。眼前出现了几根像柱子一样的东西，还有颜色。他感到耳朵里开始嗡嗡作响，电视机显像管那边似乎传来播音员播送新闻的声音。突然间，声音断了，四周一片漆黑。

停电了。

摇曳的光芒亮起来。那是大蜡烛。烛光是淡紫色的，一会儿变成了深紫色。

"啊，是蜡笔。"小正心满意足地笑了。蜡烛就是蜡笔。蜡笔开始说话了。

太好了，太好了，小正心想。就在这时，他长舒了一口气，这呼吸声惊醒了他。

——太遗憾了，好不容易才进入梦乡。

他的嗓子眼干得受不了。

—— 后天是星期六了。到了星期六，小吉和小睦都会来看我吧。

忽然，良太的声音在小正脑中响起："你给我看看邮票嘛。把《月下雁》①给我看看嘛。"

小正的高兴劲儿消失了。

—— 我怎么会撒那种谎呢？

就在三天之前，良太把自己的集邮册带到班里来了。他得意扬扬地在大家面前炫耀"邮票兴趣周"和"书信周"发行的价格高昂的邮票，让同样积攒了一些邮票的小正感到很没劲儿。小正禁不住插嘴说："你没有《月下雁》吗？"

—————————

① 《月下雁》是日本著名浮世绘画家歌川广重的名画，1949年印在了邮票上。

"这么说，你有?"良太反击道。

"当然有啦。"小正忍不住说。就在说出口的那一瞬间，他心想："糟了!"可是已经来不及了。

《月下雁》在今年的邮票目录里标价两万五千日元。小正当然没有。然而，他说自己有。

"那你拿出来给我们看看呀。"良太步步紧逼，"明天能带到学校来吗?"

"不能带到学校。我会挨骂的。"

"那我去找你玩，你给我看看呗。"

"哦，好呀。"小正不得不这样说。

如果对方是棒球队的朋友，他倒是可以用一句"我在开玩笑，是开玩笑的!"来解决这件事，可是面对一心一意只爱学习、不肯罢休且头脑聪明的良太，他找不到搪塞的办法。

小正想换换心情，避免想起这件让他不愉快的事。

他决定睡觉，把呼吸调整均匀。可嗓子还是干得让人受不了。

——真想吃草莓啊。草莓……

　　他想起了新年假期时全家人去久能山采摘草莓的事。闪闪发亮的草莓顺着长长的花茎，在石墙间垂下来。因为不限量，所以想吃多少就可以摘多少。

——那时候想吃多少都可以呢。我真该多吃一点儿。

　　又一阵"丁零零"的声音响起，像剧院的开场铃。四周声音嘈杂。小正看看左侧的座位。那里是紫色蜡笔。他看看前面的座位，那里是黄色蜡笔。
　　"马上就要开始了。"他听见有人在身后说。回过头一看，是妈妈和外婆并肩而坐。妈妈还是个孩子。
　　"各位，那可是真事哟。"右边座位的绿色蜡笔说。
　　"不可能全都是真事吧？"外婆反问道。

"可是，在蜡笔王国，这种故事要多少有多少呢。还有在学校学过的故事呢。比如，轨道中的紫花地丁。"紫色蜡笔说。

就这样开始了。十二支蜡笔的十二个故事开始了。

1.
轨道中的紫花地丁

♣♣♣紫色蜡笔的故事

漆黑的风呼啸而过，就连地面都在吱吱嘎嘎地摇晃。直到风停，天空明亮起来，地面依然在摇晃。茶色的圆滚滚石子已经习惯了装作无所谓，可是刚刚从山上来的灰色硬邦邦石头，因为新伤口的阵阵疼痛弥漫全身，忍不住痛苦呻吟。

"没关系，没关系。"小小的紫花地丁俯下自己仿佛就要被风刮走的身体说，"这是很好的体操哟。每天在固定的时间做固定的运动，对身体很好呢。"

因为石头们都沉默不语，所以紫花地丁几乎都成了自言自语。

石头们全都生病了，无一幸免。这也难怪。有的石头，百万年来一直在耸入云霄的高山上俯视下方，有的石头几万年来一直浸泡在冰冷的雪水里。现在，它们冷不丁被凿得七零八碎地带到了这个地方。石头们彼此并不交流，安安静静，一言不发。因为，它们总是在一动不动地竖着耳朵，感受疼痛在身体里"吱嘎吱嘎"来回走动的脚步声，体会悲伤爬来爬去的黏糊糊感觉。

"今天的太阳真是暖洋洋啊。光晕在打着旋儿呢。快看！"

紫花地丁又开口说话了。因为它十分清楚，尽管没有任何回应，但自己的话对于没有任何乐趣的石头来说，是唯一的安慰。

"能听见吧？光芒流动的声音。"

周围是一望无际的茶色圆滚滚石子和灰色的硬邦

邦石头。如果紫花地丁的个子再高二十厘米，它就能清清楚楚地看见各种景象——写着站名"山上"的车站月台，红蓝黄三色变换的信号灯，唯一的车站工作人员源先生的背影，道口旁美丽的垂枝樱树，还有从对面黑漆漆的隧道口"呜——呜——"开出来的橘色电车。这样，它就能明白自己出生在什么样的地方。

可是，现在的紫花地丁扎根于两根轨道与枕木中，从堆得满满当当的石头缝隙间挺直了不足五厘米高的花茎，举着小小的花苞。对它来说，世界就是石头，别无他物。紫花地丁和石头们是朋友，它从来没有觉得自己不幸福。

紫花地丁的花骨朵一天比一天大。顶着花骨朵的纤细花茎，长长了很多，顶端的深紫色在春日的阳光下闪闪发光。到了这个时候，石头们的闪亮目光也不停地投向紫花地丁，流露出欣赏的表情。

终于，紫花地丁开花了。在轨道上茶红色的石头之间，一朵熠熠生辉的紫色花朵开放了。这是唯一的花，可是它的出现，让周围的世界转瞬间变得美丽而生机勃勃。

"多美的颜色啊。"

"我从来没有见过这种紫色。"

石头们情不自禁地开始发出声音说话，也因此忘了还要竖着耳朵聆听自己的痛苦。

"好颜色。这是有深度的颜色。"

"越看越好看。"

紫花地丁高兴又害羞地微笑着。就在这时，一个白色的物体从天空中翩然飞落。

"哎呀，漂亮的紫花地丁，竟然开在这里。"

那是白粉蝶。

"一定是蚂蚁搬运种子的时候，半道上来了电车，它慌慌张张扔下种子就逃了。紫花地丁，你好！"

白粉蝶停在紫花地丁身旁的石头上。

"紫色真好看啊。对面的原野开满了白色的地丁，但是紫色比白色好看呢。"

"白色的?"紫花地丁吃惊地问,"你是说,有白色的地丁?"

"就在对面的水渠边,和看麦娘、紫云英竞相开放哟。有好几百株呢。"

"……"紫花地丁吃惊得无言以对。

—— 有白色的地丁。或许是有的。可是,它们居然会好几百株一起开放……

"你孤零零地待在这里,真可怜。我还会来陪你聊天的。"

白粉蝶翩翩起舞,被天空高高吸起。紫花地丁低垂着头思考着。就连石头们跟它说话,它也微闭着眼睛不回答。

第二天,白粉蝶又翩然飞到轨道上方。紫花地丁一见它,便用石头们从来都没有听到过的洪亮声音叫道:

"我一直等着你来呢。来，赶快过来，陪我说说话吧，说什么都行。讲讲在我还没出生时就离开了的世界。"

善良的白粉蝶立刻落下来跟它说话。紫花地丁紧紧地抓住白粉蝶的两只手，两眼炯炯有神，全神贯注地倾听。

当它听说有的白花地丁的叶片就像缕缕丝带时，已经不像昨天那样惊讶了。然而，听白粉蝶讲到有的白花地丁就生长在流水淙淙的清澈小河边时，紫花地丁不禁听入了神。

那天，天气特别热，嗓子干得不得了，可是流水"淙淙""潺潺"的旋律仿佛流进了它的心底。

白粉蝶回去之后，紫花地丁筋疲力尽，它把花朵枕在石头上，闭上了眼睛。石头们担忧的声音它都没听见。

那天晚上，紫花地丁睡着以后，圆滚滚石头的首领召集石头们开了会。首领为了看清大家的脸，爬到了银晃晃的铁轨上。

"紫花地丁最近总是沉默不语。它生病了。"圆滚滚石头的首领说。

"就像以前大家生病的时候一样，那孩子也病了。"

"都怪白粉蝶不好。"硬邦邦石头中，一块格外硬的三角形石头说。

"那个话痨，居然说有几百株白花地丁，净在胡说八道。"

"不是胡说八道。白花地丁，我也很了解。"另一块硬石头反驳道。

"不过，紫花地丁要美丽上千倍。"

"我们和几万个伙伴一起生病了，是这唯一的紫花地丁鼓励了我们。现在这唯一的紫花地丁生病了，几万个我们，不能一言不发，置之不理。"圆滚滚石头的首领说，"我们把紫花地丁送到它的伙伴那里去吧。"

"什么？怎么送？"石头们茫然地问。

"我要联系鼹鼠。请鼹鼠把它的根刨出来。然后，如果那个长着翅膀的话痨愿意带来它的十个伙伴，就可以把它送到任何地方了吧？如果可以趁着早上干完活，紫花地丁就不会枯萎。"

"对啊，就这么干吧。"石头们表示赞成。可是，一想到紫花地丁要离开，它们又感到依依不舍，觉得首领好不容易想出的绝妙点子也一定存在障碍。比如，鼹鼠可能拒绝，或是白粉蝶早晨起不来之类。

然而，鼹鼠和白粉蝶都立刻答应了。而让石头们最受打击的，是紫花地丁高高兴兴再三道谢的态度。石头们内心曾暗暗期待，紫花地丁或许会表示不愿意和大家分开呢。

然而，这是无可奈何的。大家的朋友紫花地丁难得这么幸福，它们应该高高兴兴地送走它。

那个早晨终于来到。天还没有亮，鼹鼠就领着三个手下，小心翼翼地把紫花地丁的根从石头之间刨了出来。为了不伤害细得肉眼都看不见的根毛，鼹鼠们戴着眼镜，就像外科医生做手术一样工作着。

天一亮，大约二十只白粉蝶也飞来了。看见紫花地丁纤瘦的身体，蝴蝶们高兴地说："很轻，很轻。"

石头们渐渐悲伤起来。随着紫花地丁的离开越来越确定，它们就越发想念紫花地丁以往有多么善良、多么开朗。

硬邦邦石头的眼睛里渐渐涌上了泪花，而看到这番景象的圆滚滚石头，也热泪盈眶。石头们哭了，泪水涟涟，打湿了轨道和枕木。

看到这番景象，紫花地丁也悲伤不已。

我是要去干什么？紫花地丁思考着，我是因为孤独，所以打算去白花地丁众多的地方。可是，我怎么会孤独呢？我明明有这么多朋友，它们因为要和我分别而悲伤。和这些石头相比，白花地丁真的能称得上朋友吗？

紫花地丁恍然大悟。它明白了，白花地丁和石头们谁才是自己真正的朋友。

"各位，我不去了。"紫花地丁突然大喊道，它的泪珠"吧嗒，吧嗒"地滴落，"如此为我着想、对我依依不舍的你们，才是我真正的朋友。我哪儿也不去。因为在这里，我有几万个朋友。"

"不行，你要去。"圆滚滚石头的首领说，"你必须去见识更广阔的世界。"

就在这时，伴随着"嗒，嗒，嗒，嗒"的脚步声，唯一的那位车站工作人员，也是站长源先生来到了月台。

早晨的第一班快车很快就要经过山上站。

"咦？"源先生的视线集中在轨道上。因为有很多白粉蝶在那里飞来飞去。这么一大早，蝴蝶们聚集在轨道上，是要做什么呢？

源先生轻巧地从月台上跳下来。他定睛细看，发现了紫花地丁——在石子中间，唯一的沐浴着朝露、熠熠生辉的紫色花朵。

源先生看得入了迷。他从来没有意识到，紫花地丁的花朵竟然如此美丽。不过，也许是每一次轨道震动都会摇晃它，所以紫花地丁的根都露出来了。源先生想用泥土覆盖它，但是他忽然想到了另一个好主意。

"哦，我来建一个花坛吧。"

当天，源先生在月台尽头用砖砌了一个小花坛。

他把轨道中的紫花地丁种在了花坛的正中央。一株紫花地丁算不上花坛。因此，他又从车站后面的水渠边，挖来了大约三十株坠着白色花朵的地丁，种在紫花地丁的周围。花坛还有些空间，他又种下了田埂上随处可见的、开着紫藤色小花的匍茎通泉草。

"站长先生，你做了件好事呀。"去镇上卖鸡蛋的作三先生说。

"天气真好啊。你看，飞来那么多蝴蝶。"

源先生幸福地眯着眼睛。

花坛正中央，紫花地丁在白色伙伴的簇拥中发出欢声笑语。而一仰头就能看见它身影的石头们，也沐浴在和煦的春日阳光中。

2.
乘坐公交车的熊

♣♣♣黑色蜡笔的故事

"啊，呜——哦，呜——"

伴着响彻深谷的发动机声音，阿安的公交车在一条名叫"鹿摔跤"的崎岖山路上行驶。和往常一样，这是一辆没有任何乘客、空空如也的公交车。

"呼——嗦——嗦，哒——哒——"

发动机歇上一口气，就到达了名叫"黄鼠狼"的平原。道路变得平坦，阿安这时才能从容地眺望四周，琢磨着"今年的红叶太美了""公司打算让这空荡荡的

023

公交车跑到什么时候啊"。但是，这只能持续几分钟。很快，公交车就来到了名叫"猴子沉思"的百越。这里是一连串的坡道，路况复杂得连猴子都得冥思苦想。"有二百一十六座坡呢。爬一百座坡可越不过，得是两百呐。"阿安平时常常这样告诉伙伴。

翻过"猴子沉思"的百越，就进入了森林。很快，就能看见"仙人岭"的公交站牌。从山下的镇子出发，花上两个小时才能抵达的这个终点站站牌，就像绿树丛中浮现出的人影一般，孤零零地立在那里。

阿安下了车，尽情呼吸令人神清气爽的空气，漫步山中，缓解长时间驾驶带来的紧张感。

他曾看见过黄鼠狼扭动着身子穿过马路，也见过野兔蹲在原地，微微睁眼向他张望，还碰上过长尾雉拖着长长的红尾巴，像鸡一样迈着小碎步快步前行。要是遇到猴子在头上"哗啦哗啦"晃动树枝，也一点儿不稀奇。

阿安走到隧道入口就走不通了。隧道才挖了两百米就被搁置，工程已经整整一年处于暂停状态了。

在仙人岭挖掘隧道，建设通往邻县大城市的道路，这项工程刚开始，阿安所在的公交车公司就立刻开通了前往仙人岭的公交车线路。因为这种事得先做好准备，即使现在没有人乘坐，等隧道开通，美丽的观光道路建成，就能防止其他公交公司抢生意了。

然而，邻县因为资金不足而暂停了工程建设，本县也只好停工了。县界在仙人岭的正中央，因此单凭本县的力量是无法完工的。

隧道入口挡上了栅栏，竖着"危险，禁止入内"的牌子。

牌子上的字在风吹雨淋中变得模糊不清。而现在，阿安看见那里有个红色的东西，于是疑惑地加快了脚步。

栅栏上挂着一件红色毛线开衫。

"这是小孩子的呀。"

阿安拿过来一看，又从里面掉出一顶红白相间的帽子，还落下了一张纸条，上面写着"丢失物品"。

字写得歪歪扭扭，大小不一，好像是还没上学的小孩子写的。

红白相间的帽子上清楚地写着"西小，五一班，黑田荣"。

阿安想起来了。上周六，他载了六十名小学生到这里来。估计是当时忘在这里的东西。西小就在公交车的营业点附近，阿安的女儿小绿也是那里二年级的学生。

可是，到底是谁捡到挂在隧道栅栏上的呢？想到这儿，阿安忽然感到很奇怪。他觉得根本不可能有人住在这附近。

就在阿安拿着毛线开衫和帽子想要回到公交车上的时候，突然听见响亮的音乐声。那是公交车的广播。驾驶座上有什么东西在动。

"哎呀！臭猴子！"

阿安想要冲进公交车，与此同时，猴子也试图从阿安的头上窜到外面去。

"啊!"阿安吓得拿手护住脑袋。

猴子朝着阿安的脑袋踢了一脚，跳到外面去了。可就在那当口，猴子还顺便用爪子勾住了黑色制服帽，把它顺走了。

阿安去追赶猴子。猴子叼着帽子，飞快地跳上高大的冷杉树枝。阿安捡起石头，一块，两块……

当他捡起第三块石头的时候，猴子连影儿都没了。

"哈，哈，哈!"乌鸦笑起来。

阿安只好作罢，回到了公交车上。

"结果我是拿了制服帽和红白帽子交换啊，真傻。"

阿安有些不甘心，自嘲地笑笑。他把红白帽子放在头顶，握住了方向盘。他心想，虽说帽子可以从公司再申请，但是钓鱼大赛得的奖章还戴在上面呢，真可惜啊。

这一天，阿安去西小学询问，负责五年级的一位女老师接待了他，立刻就找到了失主。

"不过，这是谁捡到的呢？昨天和前天都没有人坐公交车上去。"

"您每天都开这条线吗？"女老师问。

"因为没有别的人能开啊。"阿安得意地说。

女老师一听，讲了一件让他感到意外的事："听说呀，现在还有人在继续挖隧道呢。我不知道这话是真是假，但应该不是在瞎说。是去隧道探险的孩子们看到的。毕竟是孩子说的话，我也搞不清，可据说隧道超过三百米呢。他们说，在最深处有人点着灯，一声不吭、认认真真地挖掘呢。只有一个人，还有一条狗。捡到东西的，该不会就是那个人吧？"

"如果有这样的人在，也就不奇怪了。"阿安说。但是他心里的疑团还没有解开。那个人为什么要独自一人挖隧道呢？他又是怎样生活的呢？阿安难以理解。

第二天，来到仙人岭的阿安在隧道入口处、竖着牌子的栅栏上，看见了一个黑色乌鸦似的东西。他仔细一看，原来是猴子昨天抢走的制服帽，还用野木瓜的藤蔓一圈圈地绕着绑在了栅栏上。

"看你这山猴子干的好事！"阿安怒气冲冲地"嘎吱嘎吱"弄断了野木瓜藤，拿回帽子一看，帽子背后夹着一张白纸。

"我把您重要的帽子绑在这里，对不起。要不然猴子会拿走。我想坐公交车。下次让我坐坐吧。"

这行字依然写得很难看，像小孩子写的。阿安明白了帽子被绑起来的原因，不禁莞尔。他抽出别在胸前的自动铅笔，在纸条反面写道：

"谢谢你帮我找回帽子。我随时都可以请你坐公交车哟。暗号是'叭——叭库叭——卟卟'。"

阿安把纸条放在隧道入口处，用四块小石头压好，凝视着隧道里的黑暗。

── 说不定是有人得到了梦的启示，在挖宝藏呢。看来那个人有个孩子。

阿安很想进去看看，可还是害怕，于是折回了公交车上。他把广播的声音调大，等了一会儿，然而没有一个人出现。

　　第二天，阿安发现头一天的纸条不见了，他激动地发出了暗号——"叭——叭库叭——卟卟"。可是，森林依然寂静无声，看不到一个人影。

　　第三天也好，第四天也好，阿安的"叭——叭库叭——卟卟"都在仙人岭徒劳地回响。

　　有一天早晨，空气湿润清新，仿佛每一片小小的树叶都经过了秋日阳光和清风精心的冲洗。

　　阿安在隧道入口的地上，发现了一根长绳子似的东西。那是用野木瓜藤编织的，绳子一头绑在栅栏上。

　　"是跳绳。"阿安说道。阿安常常为小绿甩绳子。

　　阿安熟练地"啪啪"甩起了跳绳，唱道："小熊，小熊，双手举。小熊，小熊，双手撑。"

　　突然，隧道里冲出来一条黑狗，钻进绳子里。

"小熊，小熊，抬起一只脚。"

黑狗抬起脚的时候，阿安发现它并不是狗，而是一只小熊。同时，他也意识到，那就是自己等的客人。

"小熊，小熊，再见了。"

小熊轻快地跳出绳圈。

"小熊，小熊，请再来一遍。"

小熊高举双手，摇晃着身体等待跳进绳子里的时机。

阿安心里闪过一个念头：为什么自己并不吃惊呢？为什么小熊如此天真无邪，在自己面前能这样安心呢？

就在这时，隧道里出现了一个高大的人影。不，那不是人，是熊。熊慢悠悠地走过来。

阿安到底还是害怕了，不过，他仍然甩着跳绳。

"小熊，小熊，双手撑。"

小熊双掌扑通触地，熊妈妈黑乎乎的脸上露出了一双满含笑意的眼睛。

"小熊，小熊，再见了。"

"嗷呜——"熊妈妈发出一声吼叫，使劲儿摇晃脑袋。

阿安停下甩跳绳的手，凝视着熊。那的的确确就是一头熊。和动物园里见过的熊一模一样。

"嗷呜——"熊又叫道。

小熊"嗒嗒"地跑向公交车。阿安想起来了，赶紧说："对啊，快来，请坐坐公交车。"

小熊已经钻进公交车，规规矩矩地坐在了最前面的位置上。

熊妈妈也想上车。可是，车门太窄，它进不来，不知如何是好。不知道是不是心理作用，阿安感觉熊妈妈正伤心地回头看着自己。

阿安也很为难。怎么才能让这个大块头的熊妈妈上车呢？

就在这时，小熊把车窗彻底打开了。阿安心想，难道它要从窗户进去？他还没来得及反应，熊妈妈的

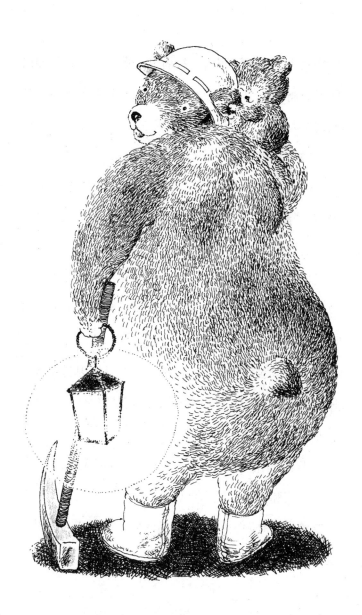

脑袋就完全钻进了车窗，接着一眨眼工夫，它就伸出两只胳膊爬了上去。阿安这才发现，公交车的窗户竟然这么大。

"好，我们出发了。"

阿安"叭——叭——"地按响喇叭，小熊高兴地喊道："轰——轰——"

公交车出发了。

熊妈妈和小熊把黑乎乎的脑袋探出窗外，心满意足地欣赏着沐浴在明亮秋日阳光中的树林，就像绿色的河流一般。

来到"猴子沉思"的百越，黑熊母子因为左侧悬崖的险峻面面相觑，时而吃惊，时而赞叹。

"叭——叭——"

黑熊听见，便"嗷——嗷——"地回应。

阿安和黑熊已经完全成了朋友。虽然没有一句语言交流，可是阿安完全懂得黑熊的心中所想，而黑熊也完全明白阿安的心中所想。

所以，当公交车在黄鼠狼平原掉头进入返程的时候，黑熊母子仿佛理所当然地悄声下车，消失在了隧道中。这一切，都让阿安的心中有温柔的暖流在徜徉。

　　下次把小绿带来，让她和小熊一起跳绳，阿安心想。

3.
丝瓜的主人

♣♣♣绿色蜡笔的故事

　　虽说小健是个男孩子，可是他很爱漂亮。每天早晨，他都会在镜子前仔细地梳理头发。在终于上了幼儿园之后的某一天，小健说："我在学爸爸。"他对着镜子，把红彤彤的大舌头吐得老长老长，目不转睛地盯着自己的面孔，逗得全家人捧腹大笑。

　　"小健在学爸爸！"妈妈、奶奶，甚至连爸爸本人都这样说。胃不好的爸爸有个习惯，每天早晨都会细致地观察自己的舌头，通过舌头的颜色来判断胃部的情况。

现在，小健虽然不再"学爸爸"，但是照镜子的习惯却保留了下来。而且，小健最近有了心事，他总是担心自己的脸长得太长——"会不会是班里脸最长的呀？"

"你的脸又瘦又长，是遗传了爷爷。"奶奶曾经说过。观看运动会的时候，妈妈搞错了，把跑步的修一同学当成小健拍了下来。

"长得太像了。在那种情况下，大家看起来都一个样儿，我都分不清了。因为这孩子和小健长得像嘛，小脸蛋都是又长又瘦的。"妈妈说。

无论是又瘦又长，还是又长又瘦，意思都一样。可是小健觉得这个词比奶奶的话更刺耳。又瘦又长，是瘦而长；又长又瘦，给人的印象却主要是"长"。比起又瘦又长，距离"长"更近了一大步。这难道不是个贬义词吗？下一次，恐怕就会有人毫不客气地指出"脸太长了"。

那是在自然科课上，老师带来了形状各异的种子给大家看。

"既有圆圆的，也有长长的。既有尖的，也有扁的。和大家的脸蛋一样。"

那时候，小健觉得大家都在看自己。

"我送给大家一人一粒种子，你们挑自己喜欢的。你们把它种在花坛里，看看会长出什么样的草，发出什么树的芽，可有意思了。"

大家欢呼起来。装着种子的盒子传了过来。说起种子，小健只认识牵牛花、向日葵和柿子树的种子。

"这是什么呀?"小健拿起一粒又扁又圆的黑色种子。

"傻瓜，那是西瓜嘛。"同桌小岸说。小岸无论什么时候说话，都一定会以"傻瓜"开头。

比如说，"傻瓜，我昨天钓鱼去了。""傻瓜，今天我可以玩。我骑自行车去找你。"

"如果是西瓜，那我就选它。"

这么一说，小健还真觉得西瓜种子就是这样的。他想起去年夏天，在八月十号生日那天吃的大西瓜。他觉得那个西瓜的种子似乎比手里这颗更有光泽，但那应该是由于外面裹着汁水。虽然他觉得那次的西瓜种子好像还要再小一点，但是大的肯定更好咯。

因为作业是观察日记，所以小健没有把种子撒在花坛里。他从鱼店要来轻巧的白色泡沫箱，戳了很多孔，装上了土。

一周之后，嫩芽从黑色的土壤里探出头来。小健高兴地一个劲儿唱歌：

可爱的西瓜发芽了。

可爱的小芽萌发了。

八月十号过生日，

就能吃上红西瓜。

白色嫩芽一听，"噗嗤"一声笑了。小健更加高兴：

　　可爱的西瓜笑嘻嘻，

　　为我的歌声开口笑。

　　请你快快来长大，

　　我的肚子等不及了。

　　我的肚子在咕咕叫。

　　奶奶来到他身边说："哎呀，也不知道是能吃呢，还是不能吃呢？"

　　小健继续唱道：

　　我才不给奶奶呢。

　　我的西瓜就归我自己。

　　我也不给妈妈吃，

　　我要吃掉一整个。

嫩芽长出了两片圆润厚实的叶片，看上去很结实。可是，当叶片探出脑袋的时候，奶奶就像为之前的事情报复似的喃喃道："这看起来好像不是西瓜叶嘛。"

当出现第二片叶片的时候，爸爸说："健小子，这是丝瓜。如果是西瓜叶子，边缘的齿状会更多。"

"啊，居然是丝瓜！"小健垂头丧气。

"丝瓜不能吃吗？"

"我听说冲绳那边的人吃的。没事，我们不吃。对了，用丝瓜蘸上水洗脸，脸能洗得很干净哟。"

"用丝瓜擦脸？"小健提出这个问题后，不高兴了，"我可不愿意。如果用丝瓜洗脸，脸就变得更长了！"

"哈哈哈。"爸爸满不在乎地笑了。可是小健差点儿掉眼泪。要是把丝瓜的观察日记拿给朋友看，他们会说什么呢？就算他们嘴上什么都不说，心里也一定会想——小健的丝瓜，肯定会长得长长的。

"我讨厌你！"小健不由得冲着丝瓜吼道，"我才不喜欢什么丝瓜呢。我最讨厌丝瓜！"

丝瓜流露出悲伤的神情。

小健觉得自己说话太过分了，于是又说："你要是西瓜就好了。我原以为你是西瓜呢，没想到你是丝瓜。就因为这样，我才不喜欢的。本以为是圆溜溜的月亮，结果是很长很长的鳗鱼似的家伙。月亮和鳗鱼，太可笑了吧，我连哭都哭不出来了。"

"我很喜欢小健。"丝瓜说。

"反正我这张脸就是讨丝瓜喜欢呗。"小健嘟囔道。

小健虽然决定不再搭理丝瓜，可是丝瓜很喜欢小健，把他称为"主人"，还叫个不停。

"主人，卷须长出来了。请早点儿插上支撑棍。"

"主人，蚜虫在成群结队地欺负我呢，请捉五六只瓢虫来吧。"

"主人，主人。"

"吵死了，什么事啊？"

"天气真好啊。蝴蝶来了，是白粉蝶。"

"然后呢？"

"我就是想告诉您一声。"

"哦，没什么事就别叫我了。"

可是，小健渐渐喜欢和丝瓜说话了。

小健的观察日记记录得非常详细，而且他和丝瓜的交谈也很有意思，逐渐受到了班里同学的关注。

大家叫他"丝瓜小健"。如果是在不久前，小健该多么害怕被扣上这样一个绰号呀。然而，他也就在刚开始的时候红了两三天脸。

"差不多该搭架子了。"爸爸说。

爸爸去园艺店买来了漂亮的铁架子。丝瓜看见架子后，心生感激，越发精神饱满，飞快地成长。

"我们家的丝瓜，真是容易来劲儿。"小健笑了。

梅雨季节已过，炎热的夏天就来了。整个架子上都是丝瓜舒展的大叶片，挡住了盛夏的酷热阳光。叶片之间开放着很多黄花。青凤蝶和小蜜蜂飞来了。在架子下方摆上涂着白漆的长椅，那里就变成了全家最凉爽舒适的地方。

"是不是比西瓜好得多呀?"奶奶问。小健也这样想。

今年八月十号生日那天,家人又给小健买来了西瓜。

"我要在丝瓜藤底下吃,让丝瓜看看。"小健说着,拿着自己的西瓜走向丝瓜架下面的长椅。这样也不用担心把地面弄脏。

"怎么样?看起来很好吃吧。你也结出这种果实吧。试试看能不能变成丝西瓜。"

"主人,"丝瓜严肃地说,"西瓜是西瓜,丝瓜是丝瓜,不要胡说。"

"哟,你还生气了?"

秋风送爽的日子来了,丝瓜的雌花垂下了绿油油的细长果实。

有一天,丝瓜说:"可以让我照照镜子吗?"

小健把镜子给它,丝瓜看看又绿又长的自己,然后看看小健,说:"主人的病好像传染给我了。"

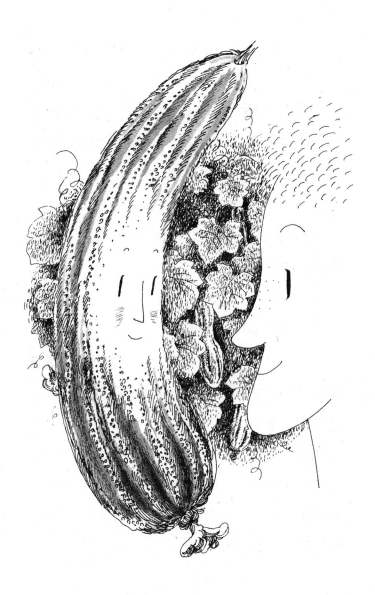

"你骗傻瓜呢?"小健笑了,"丝瓜是丝瓜,我是我。"

小健的性格最近明显变得开朗了。也许是因为自从和丝瓜成了朋友,他就什么都可以告诉丝瓜,不用再独自一人闷闷不乐了。他再也不在乎脸蛋长不长了。

"丝瓜,你的脸还会变得更长更长的。"

"您别说了。"丝瓜道,"您别再笑话我了。我现在都有五十厘米长了呢。"

丝瓜还在不断长长。

不久,丝瓜叶子变黄了。

小健在丝瓜架子下,发现了一只薄翅树螽正竖着它的长胡须。澄净的天空隔着丝瓜叶映入眼帘,让人心情格外舒畅。

架子上垂着十几根七十厘米长的丝瓜,十分壮观。

奶奶仰头看着丝瓜说:"这能做多少个丝瓜布呀。可以刷碗,还可以放在小健的鞋子里当鞋垫。那孩子和丝瓜的关系多好啊。"

十一月的某一天，小岸因为父亲工作调动，突然要搬到九州去了。班里的孩子们为小岸做了一册"充满回忆的笔记本"，各自写下了临别赠言，还签了名。小健也写了：

　　"傻瓜，你可别把脸蛋长长的丝瓜小健忘了哟。"

4.
北风呼呼和蓝天丝丝

♣♣♣蓝色蜡笔的故事

在高高的天空中也有学校。

那所学校的目的,是把风孩子、云孩子培养成能独当一面的风与云。

"来,听好了,要能跑多快就跑多快哟。"积雨云老师说着,"嘀"一声吹响了口哨。风孩子们一起朝着各自的方向飞走了。老师仔细观察他们的跑步方式和方向,辨别孩子们各自的特点和能力,再把他们分到北风年级、南风年级、台风年级、旋风年级等不同的年级。

风孩子呼呼是一个孤儿。其他的风孩子，因为父母对他们说"你要变成讨人喜欢的春风，继承爸爸的事业"或是"你要成长为不输给爸爸的台风"，所以一入学，就毫不犹豫地选择了自己的道路。只有呼呼一会儿向南跑，一会儿又折回北边，一会儿慢吞吞的，一会儿又突然撒开腿就跑。老师也因此感到为难。

"那家伙，真捉摸不透。算了，先让他进北风年级吧。"

然而，他虽然进了北风年级，却一如既往地时而向西跑，时而停下来，所以总是挨批评。

那一天，呼呼又被留校了，独自站在办公室门口。上完课的老师们都在忙着收尾工作，想赶快回家。

雷老师无话可说地看了他一眼，从他面前走过去。

荚状高积云老师哼着歌连看都没看他一眼。班主任秋风老师散发着强烈的发蜡香味走出来说："到了六点你就可以回去了，但在那之前要站好哟。"

最后，漂亮的火烧云老师出现了。她"吧嗒"一声锁上办公室的门，说道："呼呼，你呀，要是还不听话，吃亏的是自己哟。"

火烧云老师迈着如同轻快舞步的步子，在楼道里渐渐远去，很快，她就把平底鞋换成高跟鞋，消失在黄昏的室外。

空旷的学校里只剩下呼呼了。不过，回不了家对呼呼来说，根本不是件伤心事。因为就算回到家，等待他的也只有放在桌子上的两个冷冰冰的饭团，那是隔壁阿姨早晨为他做好的。

呼呼来到运动场，漫无目的地走了一会儿。

运动场边种着白杨树，树荫下摆放着伟人学校杰出前辈的半身像。

首先是北风彪悍将军。他有一双老鹰般锐利的眼睛。呼呼唱起了音乐课上学过的歌曲：

你是撕裂高山的大力士

一举将大海送上天

你愤怒的吼声如雷霆

啊，北风大将军

彪悍，彪悍

是我们的骄傲

　　旁边是南风的阿乌拉将军。将军戴着孔雀羽毛的帽子，看上去有点儿像印第安酋长。

南方啊，南方啊，风儿吹向南方

阿乌拉将军变天马

　　呼呼想不起来后面该怎么唱了。他注视着将军的大鼻子思考着。忽然，他发现旁边地上有个蓝色的东西。

　　"这是什么？"

　　一扇窗户似的蓝色天空就在他的脚边。

"我是蓝天的小孩丝丝。"那个蓝色的东西说。

呼呼看得入了迷。因为他从来没有见过这么漂亮的蓝色。

"丝丝，你好漂亮呀。你的蓝色是透明的呢，美得不可思议啊。"

得到夸奖的丝丝有些不好意思："妈妈说，等我长大了，我会变成笼罩太平洋的广阔蓝天。虽然我现在只有一扇窗户那么大，妈妈说，我的身体里沉睡着可以浸染整个世界的蓝色呢。能否把它展现出来，就看我有没有这个本事了。"

"哦。"呼呼的心中升起了佩服之情。丝丝还是个小小孩，说话却像学校老师似的。

"你是在等朋友吗？"丝丝问道。

"我没什么朋友。"呼呼回答，"你上学了吗？"

"还没有，我明年就上学了。学校挺好玩吧？"

"对觉得好玩的来说，就挺好玩。"呼呼说道。

"那就是说，也有孩子觉得不好玩咯？"

"嗯，比如我这样的。"呼呼说，"我刚挨了老师批评，所以觉得不好玩。不过，看我挨骂，也许就很好玩。"

"学校是那样的地方吗？"

"差不多就是那样的地方吧。我说，我们玩会儿去吧。"

"嗯，好啊。"

呼呼带着丝丝跑到校门外。虽然没有什么特别的去处，但因为有了愿意跟着自己走的朋友，呼呼高兴得不停吹口哨。

天空渐渐低下去，白色高山的脑袋跃入眼帘。

"那是富士山。"呼呼告诉丝丝，"富士山的滑梯，快得让人受不了！"

呼呼降落到富士山顶，抱着蓝天丝丝，一口气滑了下去。

山脚下灯火通明的镇子，一下子就出现在眼前。

"哇，好刺激，好刺激！"丝丝高兴起来。

"来，我们再往南走走。"

在光线已经相当昏暗的天空中，成年的风和云忙忙碌碌，四处奔波。

"你们要去哪儿？"也有风向他们打招呼，不过，大部分都默默无语地迅速从他俩身边经过。

来到大海上，大海波涛汹涌。"嗖——嗖——"南风大作，他们唱着：

　　阿乌拉将军变天马

　　径直飞向北斗星

"哦，对啊，是'飞向北斗星'。"呼呼哼唱着刚才没能想起来的歌词。南风的大部队猛烈地吹过来，因此他抱着丝丝降下高度，掠过水面。

南方的天空覆盖着黑压压的云层，天蝎座的星宿二和射手座的南斗六星都完全看不见了。

"哎呀，那是座岛吗？"丝丝问。呼呼感到她的声音里藏着疲惫，于是降落在小岛的白色沙滩上。他们决定在长着椰子树的珊瑚礁岛上休息，直到阿乌拉将军的大部队通过。

果然还是太累了，他们沉沉地睡了一觉，一睁眼已经是早晨了。天色看起来是黎明将到，时钟却指向了八点过。南风还在继续昨天的歌唱，歌声响彻被厚厚雨云紧紧围裹的天空。

　　　阿乌拉将军变天马

　　　径直飞向北斗星

　　　南风哟，飞啊飞啊跑起来

"比昨天还糟糕，全是云。"丝丝伤感地说，"家里的妈妈爸爸一定很担心。"

"我们赶快走。"呼呼故意装出精神抖擞的样子，"我们要是钻进南风部队里，他们一下子就能把我们带去北方的。"

呼呼拉起丝丝的手，飞向高空。

"小子，你去哪里？"南风粗鲁地喊道，"你是打算跟我去堪察加半岛吗？"

堪察加半岛的话，方向就差远了。呼呼惊慌失措地试图下降逃跑，粗暴的南风汉子们哈哈大笑："难得想带你们看看猎捕海豹呢。"

还是必须接近海面，否则凭借自己的力量是无法自如飞行的。呼呼不断降低高度。

灰色的波涛露出獠牙翻卷着，发出可怕的吼声。即使在这里，向堪察加半岛进发的南风部队还时不时忽然闯来，把他们推到一边，或是把他们卷到高空。

"啊，那是什么？"丝丝叫起来。在汹涌澎湃的波涛中，有一只筏子。他们似乎还看见了紧紧抓住筏子的那些人类的脑袋。

"呼，那是人吧？"

就在这时，他们确实听见了人的声音："蓝天！"可是就在一瞬间，呼呼他们被刮到了北边的一百米开外。

呼呼站稳了。

"我们回去看看。"

要逆着南风飞回去非常困难。可是，呼呼竭尽全力，一步又一步地飞回南方。

他们看见了筏子。人们牢牢地抓住它。两个人，三个人。一定是在昨晚的暴风雨中沉没的船只上的渔夫。

"蓝天！蓝天！云上有蓝天！"

三个男人异口同声地指着丝丝叫起来。他们都光着身子，唯一剩下的是挂在脖子上的护身符。护身符里那张小男孩的照片在眼前一闪而过。

呼呼和丝丝又被南风推到一边。

"丝丝，你还愿意回到筏子那里吗？那样的话，我们回去就更晚了。"呼呼问道。那孩子的照片一直在呼呼的心中挥之不去。如果他们现在不回去，那三个渔夫一定会绝望地死去，又会多几个没有父亲的孩子。

"*丝丝*，那些人看到你的眼神是拼了命的。我们回去吧。在他们的头顶上一直坚持下去，去鼓励他们。"

"嗯。"*丝丝*爽快地点头答应了。

"那我们再试一次。不要松开我的手哦。一旦松开，你就会被南风挟裹着，飞去堪察加半岛的。"

呼呼睁大炯炯有神的双眼，使出浑身上下的力气，牢牢站定。

"走，出发!"

虽然运气不好，赶上南风猛烈地刮来，但是呼呼毫不胆怯地昂首挺胸向前走。

"彪悍，彪悍，我们的骄傲!"他歌唱着，在南风们之间见缝插针地穿过去。

"臭小子，在干什么?"

黑云之上端坐着一个大个子，他用号角般的声音吼道。他的头上插着孔雀羽毛，那是南风的最高领袖阿乌拉将军。

但是，呼呼依然拼尽全力向前冲。他从阿乌拉将

军下方的云层穿过，向着筏子前进。

他看见了筏子。那三个人影也还在。

"太好了！"渔夫们喊道。

而阿乌拉将军则给学校打去了电话。

"北纬二十度三十分、东经一百三十一度五十分附近，发现一个北风男孩子和一个蓝天女孩。请立刻让家长领回。另外，他们是善良勇敢的孩子。"

一个小时，两个小时，三个小时。

呼呼和丝丝一直在筏子上方坚持。

不知不觉中，南风的军队过境了，海面也变得风平浪静。

"快看，从北方开始放晴了！"渔夫们高兴得流下了热泪。那是丝丝的爸爸来接她了。

而前来迎接呼呼的，不是班主任秋风老师，而是胸前挂满勋章、有着老鹰一般锐利眼睛的北风大将军彪悍。

"你干得不错，是名副其实的北风。从今天开始，你就是我的孩子了。"彪悍将军说。

营救的巡逻船也接走了筏子上的渔夫们。

记者问起他们的感想，这三个光着身子的男人纷纷说：

"就在我觉得已经没救的时候，看见了一扇窗户大小的蓝天。我从来没有那么高兴过。"

"我从来没见过比那块蓝天更美的颜色。今后应该也见不到。"

5.
猪的别墅

♣♣♣肉色蜡笔的故事

"不知道路好不好走啊。我也是从去年秋天起，就没再往那边去过，而且六月也没有割草呢。"

公交车站五作前旁边，那唯一的草房子的主人五作爷爷抬头看着小宏，没把握地说。

小宏身高一米六，体重五十三公斤。检票口的车站工作人员误认为他是初中生，有时候会绕着弯子问他的年龄："你属什么呀?"可实际上，他还在上小学六年级。

小宏把爷爷给自己的玉米饼递给五作爷爷，期待他能开口说："我领你到半路吧。"然而，五作爷爷只是给他倒了些透心凉的井水，并没有要起身的迹象。

"多谢款待。"

小宏打起精神，向着未知的路线出发了。鸡"咯、咯"地叫着，追着小宏走了十米远，为他送行。

这是七月末的下午两点，小宏背上的双肩包有八公斤重。狭窄的上坡路两旁长满了野葛，十分茂密的叶片和爬到路中间的藤蔓缠绕在一起，他仿佛走在野葛田中，一不小心，鞋尖就绊住藤蔓打个趔趄。

汗流浃背。

小宏再一次拿出爷爷给他写的纸条。

从五作前公交站出发，步行一小时，进入树林。在树林里走十几分钟后，向右转，有一座小桥，要在桥下搞清楚水的情况。还需要在树林里收集引火的枯枝。再走十五分钟，就是树林的尽头。那里有一座圆形山冈，山顶上能看见一座等腰三角形的小屋子。

"照这么看，到树林还得一会儿工夫呢。"

小宏拿起在五作爷爷那里灌满的水壶，"咕嘟咕嘟"喝了几口。

当他告诉爷爷，自己想和四个朋友一整个夏天都在野外露营的时候，爷爷说，可以把他去年在岐阜的山里修建的小屋借给他。

爷爷是个有名的画家。他有个爱好，就是每次有了钱都会买下自己中意的土地，在上面建造说不清是山中小屋还是别墅的那种木屋。那样的地方在日本境内就有五六个。

可是，只要屋子一建好，爷爷似乎就已心满意足，不爱再去那里了，又会喜欢上另一个地方。因此，难得建成的山中小屋，很快就腐朽残破。直接把朋友带过去，能不能住也不知道。因此小宏决定先一个人来实地考察。

"不行的，爷爷的小屋连水管和电线都没有！"爸爸很担心。

"所以才有意思嘛。"小宏说。

"没错，没错。"妈妈倒是鼓励他尝试。也许因为妈妈娘家连续三代都是军人，所以只要是勇敢活泼的事，她都喜欢。

小宏终于走进了树林。小河在路旁潺潺流动，在水量略微增多的地方，有一座已经开始腐朽的桥。说是桥，其实只是三根杉树干并排放在一起。暮蝉一个劲儿响亮地鸣叫着。

来到桥上，小宏不由得说："咦？那是什么？"

河里"咕隆咕隆"地漂着一个肉色的大家伙。那不是一头猪吗？一头大猪正在惬意地戏水。

还有一头正从对面的林中小道上，向这边走来。小道狭窄，所以必须有一方避让。小宏在心里下定了决心：我才不给猪让路呢！

走近的猪用生气的眼神盯着他。小宏也决不认输地瞪回去，猪躲开了他的目光。

"让开，让开！"小宏叫道。

猪敏捷灵巧地转过身，开始迅速地沿着刚才的路返回。小宏追赶着逃跑的猪穿出树林，看见青草覆盖的山岗上有一座白色的小屋。正是爷爷的山中小屋。

小屋四周只围着一圈一抬腿就能跨进去的白漆矮栅栏。正面入口的木头门开着，就像张着一张黑洞洞的嘴巴，吓了小宏一跳。爷爷还特地给了他钥匙呢。

小宏轻轻地走过去，观察里面的情况。

太阳悬在正西方，投过来火辣辣的光。白漆木门晒得简直能把手烫伤。小宏听见自己的心脏在"怦怦"直跳。的确有人。会是小偷吗？还是有乞丐钻进来了？

小宏下定决心，先把脑袋探进去，再迈入两条腿。就在这时，一个大家伙从屋子里迈着沉重的步伐，摇摇摆摆地走出来，问道："你要住宿吗？"是一头猪。那真的是一头猪。小宏目瞪口呆地看着那头猪。

猪等待着他的回答。它的表情确确实实像人类一样，可是，它又确确实实长着猪的模样。

　　"你是谁？"小宏嗓音嘶哑地喊叫道。猪大吃一惊，向后退去，目不转睛地盯着小宏。

　　"这里怎么会有猪？这是我的别墅，你赶快出去！"

　　结果，猪倒是比小宏冷静得更快。它为自己的镇定扬扬得意，眯缝着眼睛别有意味地笑道："这么说，你是后藤先生吧？我叫玉光。"

　　猪清清嗓子低声说："现在这里是'猪之民宿'。其实，你要早点儿通知我，我也会为你提前做好准备的。可是你来得这么突然，我也无计可施啊。你先进来吧。"

　　这时候，屋里又出来两头猪。小宏闻到一股刺鼻的臭味。打开门一看，里面的房间用新木材改造成了六个隔间，宛如小猪棚。地面还铺着厚厚一层干草。臭味正是来自那脏兮兮的草。

　　在路上遭遇过小宏白眼的那头猪从外面进来，问道："晚饭几点开餐？"

"一准备好我就敲钟，请大家到餐厅集合。"玉光说。在它的屁股上，有五个烙铁印子。

"喂，玉光，"小宏尽可能装出理直气壮的样子，狠狠地瞪着猪说，"你随便跑到别人家里来，明摆着就是强盗行为。而且，你还随便在屋子里装栅栏，搞隔间，铺满脏兮兮的草做生意。你实在……实在是太坏了，绝对会被判死刑！然后，在那边四处闲逛的猪们该判十年监禁！"

玉光脸色微变。小宏鼓起勇气说："如果你现在立刻离开这里，我就不报警了。但是，如果你不愿意，那就等着全被判死刑吧！"

"是谁在这儿大吼大叫？"一头大肥猪慢悠悠地走进来，红彤彤的眼睛狠狠地瞪着小宏。话音未落，又进来一头，后面还紧跟着两头，全聚集在屋子里。无论哪一头看起来都有上百公斤，都用黏糊糊的鼻子对着小宏，眼里充满敌意。虽说小宏喜欢玩摔跤游戏，可是如果这几头猪一起攻击他，他是根本无法招架的。

"客人们，请不要着急。"玉光安慰大家说，"他还是个孩子嘛。"

然后他转身对小宏说："我们都是差一点儿就被主人杀死的猪，有的从卡车上跳下来，有的趁夜偷偷逃出来。要说起来，都是无家可归、离家出走的猪。"

玉光凝视着小宏的双眼说："对了，我代表大家问你一个问题。我们就应该是你的食物吗？是你的饲料吗？仅此而已吗？少爷，请快快回答！"

"……"

小宏答不上来。并不是因为他害怕一点头自己就会被猪杀死，而是因为玉光敞开心扉的认真劲儿打动了他。

"来，你说吧——'你们不过就是饲料而已'，对吧？你就是这样想的吧？"

小宏迄今为止从来没有考虑过这个问题。他也从来没有预料到，竟然有猪会这样逼问自己。玉光怜悯

地看着小宏继续说：

"人类真是不可思议的动物啊。那么疼爱我们，却又能为了钱满不在乎地把我们卖掉。明明知道一旦卖掉，我们就会被杀死。人类最喜欢的就是金钱。长久以来，我都没有搞明白人类是怎么吃钱的。是用锅煮？淋上酱油？还是爆炒？生吃？我很想看看，所以每次吃饭的时候我都盯着桌子。猜想着什么时候才会上钱，是不是混在豆酱里了。"

"我也是。"猪们纷纷点头。

玉光的语气变得凄然，仿佛已经不是对小宏，而是对自己在讲述：

"五作爷爷无微不至地照顾着我。爷爷比疼自己亲孙子还要疼我。我生病快要死的时候，爷爷一整晚都抱着我，在我耳边一遍又一遍地说：'玉光，你不要死啊，不要死啊。'等我恢复健康，开始吃豆腐渣的时候，爷爷都掉眼泪了。那不是装出来的。啊，我多想报答他的恩情啊。我发誓，只要对爷爷好，什么事我都可以做。可是，我还是不想死啊。我在爷爷的手上咬了一口逃掉了。我咬了他的手啊。"

玉光的眼睛里闪烁着泪光。看到这一幕，猪儿们都纷纷开始啜泣。

"当一头猪真的很痛苦。猪的心灵是复杂的。最喜欢的是人，最害怕的也是人。养育我们的人，就是想要杀死我们的人。那样一个世界，除了逃离，难道我们还有其他办法吗？如果你是猪，你要怎么办，少爷？"

小宏无言以对。

"我想了想，觉得逃跑是不对的。我要存钱寄给五作爷爷。所以我才开了这样一个民宿。"

玉光拉开架子上的抽屉，里面是一叠一千日元的钞票。"这种纸是不能吃的，我们并不想要。可是，想要报答五作爷爷的恩情，就只有攒钱这一个办法了。如果把我卖了，五作爷爷可以有四五万日元的收入。所以我要存五万日元，用这笔钱向五作爷爷买下自己。

来到这里的猪都是同样的想法，甚至还想再见主人一面，还想回到自己的家。"

看见连小宏都眼泪汪汪，一头猪说："总之，情况就是这样，玉光并没有恶意。你明白就好。来，在吃晚饭之前，少爷也到河边洗洗汗水吧。"

小宏从双肩包里取出毛巾和换洗衣服，向树林的小河走去。但是，他突然想到：我得把玉光的想法告诉五作爷爷。虽然五作爷爷和我一样，给不出任何答案，但是我必须让爷爷知道玉光的善良，知道玉光到现在还挂念着他。

小宏虽然知道半道上天就会黑，但他还是奔跑着穿过树林，飞快地跑了几公里路，来到车站前。

五作爷爷的家里已经亮起了灯。

"你说什么？猪儿们侵占了别墅？"

五作爷爷笑了，皱纹密布的脸上，小点点似的眼睛目光炯炯。

"不会是什么妖怪作祟吧？对了，这是因为去年三王大神祭祀的时候，你们没有捐钱吧？"

但是，当五作爷爷听见小宏说出"玉光"这个名字时，他的表情一下子紧张起来，就像生气了似的。

"我现在就去。"五作爷爷猛地站起来，"玉光，玉光还活着？真是那样说的？啊，我真想它啊。"

五作爷爷打着手电筒，在黑漆漆的小道上跌跌撞撞向前跑，时不时还呻吟道："玉光呐，玉光呐。"

他们飞也似的穿过树林，白色的三角形小屋显眼地伫立在面前。因为圆圆的月亮已经从东边的山上升起来了。

忽然，小宏觉察到气氛和刚才不一样了。白色的建筑物里鸦雀无声，没有一点儿生气。

小宏打开门。没有，一头猪都没有。刚刚还在屋子里的栅栏也消失了，铺在地上的臭烘烘的稻草也不见了。

"完了。"小宏叫道。不见小宏回来，猪儿们一定是害怕他会喊人来，所以慌慌张张地逃跑了。

小宏跑到外面，心想，说不定它们还在这附近一带呢。他环视周围。

西边的山头有几个黑影子。一头，两头，三头……

"哎呀！它们在那儿！"

五作爷爷凝视着小宏手指的方向。片刻后，他说："那个啊，少爷，是马醉木的树。看起来就像动物一样。"

"那么，那么，爷爷不相信我说的吗？"

只见五作爷爷用力地摇着头说："当然相信，当然相信。这屋子里到处都飘着那家伙的气味啊。"

然后，爷爷用撕心裂肺般的声音喊道："玉光，玉光！你回来吧！我再也不让你走了！"

皎洁的月亮一言不发，默默地注视着热泪沿着五作爷爷的脸庞滑下。

6.
奇怪的校外旅行

♣♣♣白色蜡笔的故事

"也就是说，这是完全免费的？一分钱都不要？"校长再三确认。

穿着深蓝色的立领制服、戴着白手套的绅士恭恭敬敬地点头说："就像我介绍的那样，公司正在开展一项活动，即面向从未乘坐过国铁的旅客提供免费乘坐的福利。"

"好，那我们先开个教师会议，听听其他老师怎么说。"

"是，那就拜托您了。"

绅士深深地鞠了个躬，从桌上拿起自己镶着金丝带的帽子，在门口又一次鞠躬，然后离开了校长的办公室。

绅士留下的宣传册在桌上堆成了一座小山。在湛蓝天空、缕缕白云、湖泊、嫩叶、红色神社牌坊和城堡石墙等美景的照片之间，信浓路、北海道、奈良等文字隐约可见。

校长从另一个信封里取出两张票，戴上眼镜，仔细端详。

"校外旅行自由车票，国铁所有线路通用。嗯……这个东西挺方便，孩子们会很高兴的。"

校长从桌上轻盈地飞到窗户边。在窗户玻璃旁拍动着四片翅膀，眺望着运动场。运动场上，几百只小小的白粉蝶正在精神饱满地蹦蹦跳跳。

"请六年级花朵班的查拉老师和丸子班的平田老师到校长室来。"学校广播里说。就这样，位于小田原山脚下的白粉蝶小学，决定今年的校外旅行是乘坐电车前往大家向往已久的富士山。

对于白粉蝶来说，白色是一种神圣而尊贵的颜色。白粉蝶们虽然认为这世上没有比自己更白的东西了，但是唯有头上顶着皑皑白雪的富士山与众不同，它们把富士山尊为白色之源。因此，每年校外旅行，它们都要登上箱根山，从芦之湖上远远地叩拜富士山。如果可以乘坐电车，那攀登富士山，站上山巅也并非不可能。

小粉蝶们自不必说，两位领队老师也干劲儿十足。唯一美中不足的是，这两位老师关系不好，一见面就吵架。

用丸子班平田老师的话来说，六年级花朵班的查拉老师就是个"对自己的长相过于自信的狂妄女性"，而查拉老师对平田老师的评价则是"傻呵呵的蠢男人，动不动就生气的暴脾气浑小子"。

花朵班刚决定带上三千日元零花钱，平田老师就

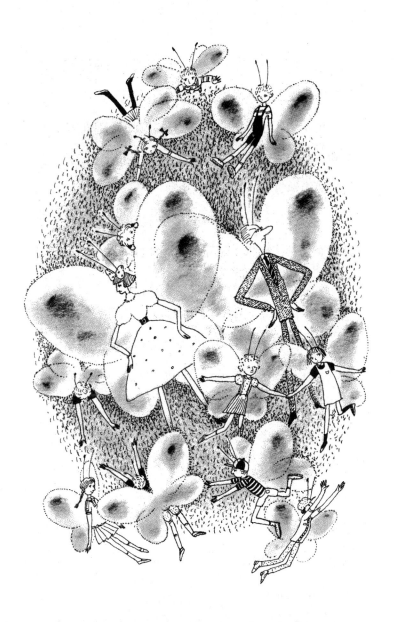

说："想带多少带多少。"花朵班刚决定山中小屋的熄灯时间为晚上九点，丸子班就定为十点。

出发当天早晨，天气特别好。查拉老师的花朵班小粉蝶们在小田原车站的站台上整整齐齐排成一列，规规矩矩地等着下行电车进站。

"上车后，一定要乖乖遵守电车上的规则。任何地方都有规则。如果不遵守规则，就称不上合格的旅客哟。"查拉老师继续提醒大家，让不客气地盯着它们的其他乘客也听得清清楚楚。

而丸子班的同学却都以平田老师为首，在空中自由地飞舞。就在这时，一只小粉蝶建议道："老师，我们坐新干线吧，它从上面那个站台出发。更快呢。"

于是平田老师飞到了新干线的站台。小粉蝶们见老师离开，也都一起跟着走了。

随着导电弓"啪嚓啪嚓"释放火花，回音号白蓝相间的新干线漂亮车体进站了。绿橙相间的普通电车也滑入了下面的站台。

"丸子班坐新干线！"平田老师一声令下，丸子班的白粉蝶们"哇喔！"地欢呼着，从乘客们的头顶飞过，一眨眼工夫就上了回音号。

"排队排队，排成一列，一列！"

查拉老师喊破了嗓子，才让花朵班上了电车。她虽然留意到丸子班的同学一个都不在，但她以为是在前面或者后面的车厢，因此并未放在心上。

第一次乘坐电车的蝶儿们都想欣赏窗外的风景，于是全聚在窗前，拍打着翅膀。

"树在跑！"一只小粉蝶大吃一惊地喊道。

"房子来了！电线桩蹦过来了！"

"哎呀！油菜花跑过来了！"

树木花草、房屋山峦，都飞快地跑起来了。蝶儿们真的惊愕不已。平常，那些东西都是一动不动的，都是需要自己主动飞过去的，可现在完全颠倒过来了。

"这是怎么回事啊？"

"大家全都朝我们飞过来！"

"啊!"惨叫声响起。一个讨厌蝴蝶的女孩子发现了窗前的白粉蝶。

"别跑来跑去,规规矩矩坐下!"

另一扇窗户边也响起了恶狠狠的斥责声。蝶儿们默不作声,沮丧地看看老师,这才发现,原来是一个五岁左右的小男孩在座位间跳来跳去,被他的妈妈说了一通。

查拉老师醒悟了——原来,这里的规则是安静地坐在座位上呀。

查拉老师高声说:"好好坐下,四只一组。"

电车里空荡荡的,花朵班的小粉蝶们四只一组停在座位上,合上了翅膀。

"哎呀,怎么不脱鞋子呢?会把座椅弄脏的!"

小男孩又挨骂了。

查拉老师发现了,心想,我们班的学生都把脚放在座椅上了。

"大家请注意!"查拉老师用清脆洪亮的声音说,

"那样的话，脚会把座椅弄脏的，会给别人添麻烦，对吧？所以，我们飞到上面停下来吧。"

"老师，那边可以钻圆环做运动，我们停在那里吧。"一只小粉蝶说。

蝶儿们停在拉环上。然后，开始钻圆环玩起来。

小男孩从座位上站起来，两只手抓住拉环，做起了引体向上。

"哦，原来是那样玩的呀。"蝶儿们佩服地说。

这时，小男孩的妈妈怒吼道："你太不礼貌了！停下，那是拿来玩的吗？"

蝶儿们大气都不敢出，一动不动。查拉老师也战战兢兢。

"当然不能玩了。因为不礼貌嘛。我们再往上去点儿。"

蝶儿们停在了行李架上。外面的风景，什么都看不见了。

查拉老师也坐立不安。她总觉得会有人批评地说：

"怎么能在行李架上睡觉啊？"

"下车，我们下车吧。"

这个车站比计划的提前了三站。下了电车，查拉老师擦擦额头上的汗珠子，松了一口气，蝶儿们也一下子精神饱满，开始飞来飞去。终于感受到了校外旅行的气氛。

这时候，乘坐新干线的团子班的孩子们也无精打采，十分沮丧。

"没有车站呀，车会停在哪儿呢？"

平田老师也陷入沉思。但是，它故意打起精神说："一到富士山附近，我们就从窗户飞出去。我们不是人类，有没有车站都没关系嘛。"

"哦，对呀。"

雄伟的富士山出现在了眼前。在蓝色天空中，它的头顶依然纯白，非常美丽。洁白的微云在比白雪矮得多的地方萦绕。可是，富士山已经来到身边，近得不能再近。

"老师，我们在哪里下车呢?"孩子们问。

"嗯，现在就下车吧。大家去找找哪里有开着的窗户。"

四十只蝶儿在车厢里，像没头苍蝇似的飞来飞去，可是一扇开着的窗户都没有。

最后，平田老师只好对坐在窗边的一个胖乎乎、似乎很有力气的阿姨说:"请问，能借用您的强大力量，开一下窗户吗?"

"我的强大力量? 你什么意思?"胖阿姨生气了，"你们这些乡巴佬，新干线的窗户怎么能开呀?"

"老师，我们赶快下车吧，富士山要跑了。"

孩子们开始抽泣。

富士山"嘿、嘿"地喊着口号逃跑了，只留下越来越小的背影。

列车长走进来说:"电车即将到达静冈。"

"我说，你等等。"平田老师摆出老师的威严态度叫住了列车长，问他为什么新干线开不了窗。在列车长详细解释的过程中，静冈过了。

"你们到底要去哪儿？请出示一下车票。"

平田老师拿出了车票。

"啊，这只能用于普通列车。可这是新干线啊。"列车长为难地说，"那我需要收取特急费用。有四十个孩子。四十个对吧？"只见列车长掏出计算器，平田老师满头大汗地说，其实它一分钱都没有。

"如果是这样的话，就请你们在下一站浜松下车。铁道公安室的人会告诉你怎么办。"列车长突然态度一变，粗鲁地宣布。

沮丧的白粉蝶们在浜松站被全部赶下车，没有一只逃跑。因为它们知道，自己来到了一个远得不得了的地方。

公安室的人建议它们一起工作挣钱来付清欠款。平田老师请他们打电话联系校长。

"谁都会做错事。"电话里，传来校长的声音，"不过，做错了事必须补偿。你们好好劳动一番再回来吧。

学习进度晚一个月没关系。你们好好学习一下，什么叫承担责任。"

然后，校长没等平田老师开口说一句话，就果断地挂了电话。

公安室的人给它们介绍了两项工作。一项是在花卉公园里一边吸花蜜一边到处授粉，另一项是在养殖场给鳗鱼喂食。

公安室的人以为，蝶儿们肯定愿意在花卉公园里劳动。可是，当平田老师问："有愿意去花卉公园的吗？"却没有一只白粉蝶举手。

"那不是和学校的功课一样了吗？"不知是谁用鼻子哼笑着说。

"那谁愿意去喂鳗鱼？"

这次所有小粉蝶都精神饱满地举起了手。事情就这么定了。

大约十天之后，小田原白粉蝶学校收到了六年级丸子班孩子们一起写来的信。

花朵班的各位：你们好！我们都很好。鳗鱼特别可爱。我们一送去饲料，它们就闹腾着互相争抢。日本全国上下，肯定找不到像我们这样喂鳗鱼的白粉蝶了。平田老师果然是日本最好的老师。丸子班万岁！

于是，花朵班的孩子们也不甘落后地写了回信：

　　你们不在的时候，我们的算术、语文、理科和社会课都取得了很大进步。你们的校外旅行就像鳗鱼一样长啊。请你们赶快回来参加我们的毕业典礼。另外，花朵班共同制作的富士山贴画在绘画比赛中获得了第一名。查拉老师才是日本最好的老师。花朵班万岁！

7.
吹喇叭的天使

♣♣♣黄色蜡笔的故事

有一座群山环绕的蓝色湖泊。最高的那座山建有索道。

蓝色湖泊的水岸边，孤零零地伫立着一座红色的神社牌坊。牌坊旁是一座小船码头，造型就像十六世纪西班牙海盗船的游船美人鱼号正停泊在此。

人们乘坐索道入迷地欣赏着火焰燃烧一般的红叶、醒目的层层新绿之下犹如一面翡翠明镜的湖泊，然后，赶到船码头乘坐美人鱼号。码头上有美人鱼号的图画招牌，配着这样的文字说明：

　　　　这艘船模仿十六世纪的著名西班牙海盗船神秘南大陆号的造型，按照其二分之一的大小建造。安放在船头的吹喇叭的天使，是这艘船的守护神，是从神秘南大陆号上直接挪移过来的。据传，这位天使在船只面临危险的时候，会吹响喇叭发出警报。

　　人们观赏完三根高大的桅杆和设置在红色船体上四个方向的灯笼、大炮，然后去看跨坐在船头的金色天使。

　　天使穿着短裙，跨坐在船头。两只胳膊伸直，略高于肩膀，举着喇叭放在嘴边。肚子鼓鼓的，背上长着翅膀。人们基本上都会在这里拍完照再上船。

　　当红色的神社牌坊在白雾中渐渐显现，船上的广播里说：

"前方的牌坊是祭祀湖神的，传说湖神是一条巨大的白蛇。另外，湖里有鲤鱼、鲫鱼、鳗鱼和公鱼等二十多种生物。"

天使认真地监视船只的前进方向。对于大西洋的汹涌波涛、印度洋的顺风洋流以及北海的浓雾，天使都了如指掌，所以守护这艘漂浮在风平浪静的湖面上的游船，于他而言，即便是睡着了也能办到。但是，天使很重视自己的工作，直到下午四点最后一圈航行平安无事地结束，他才终于松了一口气。

"真是个好地方啊，我觉得在这儿都能多活几年。"人们说着返回了大城市。然后，这里又归于寂静。

风儿来取忘记在这儿的东西，飞快地绕着黑黝黝的山吹过。很快，月亮出来了。

月亮是个心血来潮的多变的家伙，来的时间不一定，身影也是时而圆满，时而只剩一半，时而又像豌豆角。尽管如此，天使依然总是等待着月亮。因为他们是老朋友。那时，神秘南大陆号在雨夜刚过的近海处，被英国海盗船队包围，天使将船领进了危险的暗礁，因为除此之外已经无路可逃。天使"嘀哩哩"地吹响了喇叭。听到喇叭声，为他投下一缕光芒的就是月亮。当神秘南大陆号穿出暗礁的时候，天空又一次被黑暗笼罩。追赶而来的英国海盗船队在黑漆漆的海上撞到了岩石，船底破损，沉没了两艘。自那以后，天使和月亮就成了朋友。自那之后，天使也没有再吹过喇叭。

当月亮的身体渐渐长胖、变得圆润时，它是个讲道理的绅士。而当它渐渐消瘦时，又会变得难以相处，总是胡说八道地为难天使。例如，它有时候会说：

"我就是因为不断把光芒分给你，所以才越来越瘦的。我很快就要死了，到时候，你就不要再管什么无聊的游船了，来给我守墓吧。"

有时候，它又大发雷霆：

"昨天，我把一个孩子留在这湖底了。你去跟湖神说说，把孩子还给我。到现在为止，我已经好几百万次把孩子送给湖神了，那些孩子到底上哪儿去了？这臭白蛇是把他们都吃了吗？"

尤其让月亮伤心的，是住在湖里的天鹅和野鸭。

明明鸟类是最能靠近月亮，和它说话的，它们却非常惧怕月亮。

"好可怕，好可怕，不能靠近它。那么大个金蛋，谁知道里面会钻出来只多大的老鹰啊。"天鹅说。

"它的父母是一整片天空呢，那么大！所以它妈妈抱着它的时候，它才会一会儿剩一半，一会儿又瘦没影。"野鸭说。

每当这时，天使就会告诉它们："那是月亮，不是鸟蛋。"

然而鸟儿们不信："可是，那上面不是还透出鸟宝宝的黑色形状吗？多尖锐的喙呀。你瞧！"猫头鹰也这么说。

只有满月的夜晚，月亮才会欢欣喜悦："来，今天晚上，你们要多少光芒我都分给你们。杉树林深处的小路、泽蟹的石头路，都可以沐浴在我的光芒中。山峦湖泊，也可以染成金色，而且闪闪发光。"

一切都如它所说。湖泊变成了一块金色的平板。鲤鱼、鲫鱼和公鱼"扑哧"跃出湖面，金色的鳞片跳动着，露出金色的洞，落下金色的水滴，荡起金色的涟漪。

船码头也像涂上了金色的油漆。美人鱼号也变成了金色。尤其是吹喇叭的天使，浑身上下都散发着纯洁的光芒。

月亮洒下的明亮光芒穿透到湖底，因而白蛇也慢吞吞地扭动着身体，把脑袋伸到湖面牌坊中间，环顾四周。

索道站台的一侧，那里的屋顶也变成了金色，两条钢索柔韧地不断向上延伸，沿着它们可以清楚地找到山顶的索道站。

"天使，吹喇叭！"白蛇说。

但是天使笑而不答。

"天使，吹吹喇叭吧。我想再听一次你的喇叭声。"
月亮也请求道。

但是天使拒绝了。

"我只能在船只遇到危险的时候吹。"

天使越是拒绝，月亮就越是想再听他吹一次喇叭。

—— 天使真的是我的朋友吗？既然是朋友的请求，吹吹喇叭也无妨嘛。晚上，天使的确陪伴着我，可是白天呢？我也曾听说，他和天鹅的关系挺好。

实际上，天使的确很喜欢天鹅。月亮是他的朋友，天鹅也是他的朋友。

—— 这可麻烦了。和月亮关系好，天鹅会不高兴。和天鹅说话，月亮又会生气。

天空一直都阴沉沉的，就算偶尔放晴，一到傍晚湖面就起雾，天使和月亮总是见不了面。

有一天，天鹅飞落到船头，对天使说："湖神命令我们选一位代表。听说鱼选了单鳍的大鲤鱼。我们鸟类想选你为代表。"

"可我不是鸟呀。"天使说。

"不，你是我们的伙伴。你看，你不是有翅膀吗？"

天使拒绝了，天鹅却叮嘱道："所有的鸟都会在选举中投票。如果你被选上，可不能拒绝哟。"

不能到湖边来的时候，月亮到访了世界上的许多地方、许多人家：孙辈手捧鲜花来到养老院；在非洲的热带稀树草原，狮子一家正依偎在一起进食；白雪皑皑的高山上，到处开放着蔚蓝色的花朵。

大家都有伙伴。我真想早点儿见到天使啊，月亮心想。

终于，在湖面放晴的一个傍晚，幸运的月亮正好长得圆润胖乎，浑身上下有使不完的劲儿。

"你好呀，天使！"月亮高兴地打招呼，却当场愣住了。

天鹅正紧紧地贴着天使，和他亲密地说话呢。

"这样，你就是鸟类的代表了。你要好好地守护这座湖泊和三千只鸟儿啊。"

天鹅拍拍天使的肩膀。

我要把天使带走，月亮忽然下定了决心。它的心意越来越坚定，身子不断下降。

"你怎么了，月亮？今天你离我好近啊。"天使眯着眼睛仰望着它。

"天使，今天我要到你那里去。"月亮迅速下降。

"等等！你怎么了？你肯定出什么问题了。"

"我要到你身边去。"

月亮已经刺破了低矮的云层，继续下降。

"天使，怪物来了！快跑，天使！"天鹅喊道，"你看，我不是告诉你了嘛，那家伙很可怕！"

"对你来说也许是吧。"月亮说。

月亮就像一只气球不断下降，毫不停歇，它已经大得占据了三分之一的天空。

　　"天使，今天我要把你带走。我一直都很需要你。"

　　四周犹如白昼一样被染成了黄色。

　　月亮变得和湖泊一样大，然后，又继续扩大到两倍，甚至三倍。光线强烈得刺眼。

　　"不行，我不去。"天使喊道。

　　"不，你是我唯一的朋友。"

　　一颗颗泪水从月亮的双眼滴落，那光粒儿就像雨滴一样倾注到湖面、山间。

　　月亮变得和地球差不多大了，眼看着就要到达湖面。

　　"天使，我被自己的身体挡住了，看不见你。天使，你在哪里？快吹喇叭！"月亮发出璀璨的光芒说，"吹喇叭，天使！"

　　"不能吹！"天鹅叫道，"怎么能让你把天使带走呢？天使是我们的代表！"

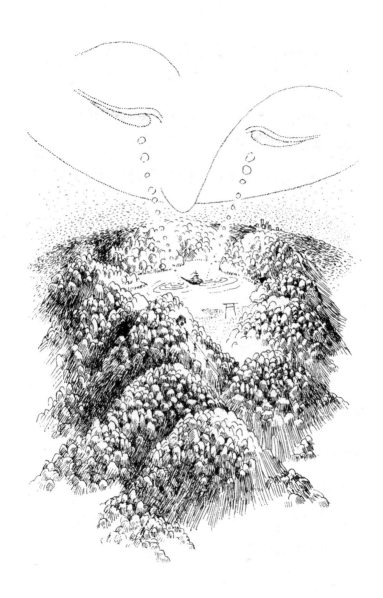

月亮伸出了手。湖泊卷起金色的漩涡，已经分不清天上地下。

"吹吧，天使！"湖神喊道，"湖泊要裂开了。一切都将毁灭！"

"天使，快吹喇叭！"鱼儿、鸟儿都齐声高喊。

"嘀哩哩——"澄净的喇叭声响彻湖面。

月亮仔细地分辨出了喇叭声音的方向，它伸出手紧紧地抓住了天使。

然后它迅速上升。

"天使，天使。"天鹅大喊着。

"天使，快跑！"湖神也喊道。

可是，月亮紧紧地抓住天使的手不放。

在金色世界的边缘，出现了模糊的青黑色的轮廓。那轮廓不断扩大，月亮远去的背影在它的中央投下了一个圆。

月亮回去了。在月亮的身旁，散发着金色光芒的美人鱼号海盗船的身影，看上去比玩具还要小。

夜空中隐隐约约传来喇叭的声音。

第二天，上山的人们发现游船从湖面消失了，议论纷纷。

"对了，半夜里我好像听到了喇叭声。"有好几个人这样说。

8.
原野搬家

♣♣♣黄绿色蜡笔的故事

原野的左边和右边都盖起了工厂。右边的工厂就像一座低矮的老学校，左边的工厂则像个高高的仓库，还竖着好几根烟囱。

像学校的工厂"咔嚓唧、咔嚓唧"的噪声不断传出；有烟囱的工厂则"嘎呼，嘎呼"地冒着让人嗓子疼的烟。

原野忍耐了一段时间，可是虫子们和草儿们向它抱怨，希望它能想想办法。于是有一天，它就找低矮的工厂谈判去了。

"你说得很有道理。"这座工厂说,"然而,我这里是制造汽车的。如果没有汽车,你知道会怎么样吗?大家就都需要走路,也无法长途搬运东西。简单说,就是山里的人吃不上鱼,海边的人只能吃鱼。因此,我不能停下我的工作。不过,原野先生,你在为大家做什么有用的事情吗?"

原野沉默了。原野也养育了瓢虫、蚱蜢等许许多多的虫子呀,还养育了魁蒿、狗尾草、香丝草、白花三叶草等无数的草儿们。可是,它们无法与汽车相提并论。原野垂头丧气地回家了。

第二天,草儿和虫子们又在抱怨,于是原野又去了左边有高烟囱的工厂。

"唉,我们也在想办法啊。"这座工厂说,"可是,我们肩负着生产纸张的重要任务。你明不明白,如果现在的社会缺少了纸张究竟会变成什么样?报纸没有了,孩子们也无法学习。我不想挖苦别人,可是原野

先生，与此相比，像你这样的，怎么说呢，有没有都无所谓吧。"

原野又一次垂头丧气地回来了。

然而，噪声和烟雾的污染越演越烈，严重到让大家都无法忍受，长此以往大家一定会生病，因此原野终于下定决心搬离此地。

原野把住在自己家里的花草虫鸟召集在一起，告诉它们新家地点已经确定。

"这次我要搬到河边，嗯，环境肯定比这里好。大家愿意跟着我一起走吧？"

"河边有蜻蜓，我们会被吃掉的，不想去。"小小的羽虱们说。

"一想到洪水，我就没这个心情了。不去。"

最后，大约三分之一的花草虫鸟决定留下。原野请来二十辆大卡车，搬离了长期以来住惯的土地。

新的地方在一个大河湾的内侧，河滩广阔。

黄色的鹡鸰摆着尾巴驱赶着虫子。醒目的深蓝色翠鸟潜到河中捕小鱼。

"我们来了个好地方呀。"原野十分高兴。

孩子们用白花三叶草编成花环戴在头上。夕阳把河面染得金黄，河堤上，学生们大呼小叫，你追我赶。

然而，有一天，一个头戴鸭舌帽、皮肤晒得黝黑的绅士找上门来。

"我是干这行的。"他递给原野的名片上印着"高尔夫俱乐部"，"我这次搬到你的隔壁了。请多关照。"

很快，河边的泥土被翻了个底朝天，搬运草皮的卡车不停地进进出出。

戴着太阳镜的人们来了。每当他们挥舞球杆，白球都会乒乒乓乓地飞到原野里。

高尔夫球砸歪了相思草的脑袋，还把瓢虫当成了垫背的。

"这简直就是战争。"高尔夫球场惹怒了原野上的居民。

原野去找高尔夫球场，表达了大家的愤怒之情。

"你说得有道理。只是，这件事我们先放一边……"高尔夫球场说道，"我们这次决定啊，要进一步扩建这座练习场。我们想建设一座可以举行淘汰赛的一流高尔夫球场，还会邀请外国的著名选手前来参赛。因此，原野先生，我们希望你能搬走呢。"

原野忍无可忍，怒目而视："你们简直蛮不讲理!"

高尔夫球场并不理睬，继续说："这片土地凹凸不平，所以在铺草皮之前，我们需要重新平整你家的土地。要先放火把草烧光，再请建筑公司用挖土机、铲车之类的大型机械改造地形，然后再铺草皮。所以，就算原野先生你非要留下来，也什么都留不下。"

"可是我没有地方可去啊。"原野刚开口，高尔夫球场就打断了它，说："请恕我僭越，搬迁地址我们已经为你准备好了。"

高尔夫球场展开一张地图，新家位于市政府建立的自然公园。

"那里紧挨着日本首屈一指的美丽玫瑰园，我认为原野先生住在那里，会比现在更舒适。首先，那是市里的土地，不用担心换主人。"

原野只好无奈地答应了。几天之后，高尔夫球场和市政府公园科的人一起来找原野，开始进行搬迁谈判。市政府的文件上写着："市政府将充满诚意地负起责任，保护原野上草木的安全和健康。"

等到终于开始搬家的时候，原野上将近一半的居民都不愿意去。巨圆臀大蜓说公园好像没有水，草儿们当中有的认为留在这里和高尔夫球场斗争更好。蚱蜢和蟋蟀也更喜欢河滩。

和上次相比，这次搬家仅仅动用了几台卡车就完成了。

"哎呀，辛苦你了。"前来迎接它的市政府工作人员戴着口罩和白手套，背着一个亮闪闪的金属罐。

"我来清点一下人数。"说完这话，走进原野的工作人员开始迅猛地喷洒纯白的消毒液。虫子们一眨眼就腿脚颤抖着死了。

原野脸色煞白，愤怒地抗议。

"我们要保护草木，可虫子会导致草木生病啊。"工作人员并不放在心上，说，"如果这边的虫子跑到玫瑰园或菖蒲园去可就麻烦了。"

原野在这座自然公园踏踏实实地住了还不到半年，市议会就决定要在这里建一座野外剧场的舞台。

"无论你想搬到哪里，我们都会诚心诚意为你安排。"市长说。

原野思前想后，最终，它决定搬到尽可能远离城市、人类不会到达的地方。这也是存活下来的所有植物和虫子的想法。

"我觉得深山里人口不断减少的地方好。"

几天之后，市长来了。

"我们准备了一座交通非常不方便的深山，可以吗？"

"越不方便越好。"原野回答。

那真的是交通极其不方便的深山里的深山。一天只有一班公交车，而且，在车上晃悠一个半小时之后，还要走上两个小时才能到达。

开始搬家的时候才发现，不知何时，原野的居民数量已经减少到用一辆小型卡车装都空间绰绰有余的地步。曾经居住着上百种草类、百万只昆虫的原野，现在只剩下大约十种草和不到一百只昆虫了。

原野搬家的时候，市长带领着所有人在市政府办公楼前集合，为它演唱了《萤火虫之光》的歌曲。市长在离别赠言中说：

"现在，保护大自然已经成为一个越来越重要而又紧迫的课题。失去原野先生，是非常遗憾的。"

原野来到了几乎没有人烟的深山村落处。

高耸的山峰，即使夏天还有残雪在阳光下闪耀。美丽的高山蝴蝶在翩翩起舞。

原野给市长写了一封感谢信——在这里，我可以像过去那样生活。而且，我还可以找到更多的伙伴，逐步变成更大的原野。

让人忘记时间流逝的平静岁月即将到来。朝阳从东边升起，夕阳在西边落下；春天，树木萌发绿芽，秋天，树叶又染成黄色、红色而飘落。风声、水声犹如心脏的跃动，总是拥抱着原野。

有一天，不知多少年未见的、身穿短外褂和裙裤的村长来了。

"请原谅我。我们屡次反对，可事情还是变成这样了。"村长低头道歉，"因为这里确定要修建大坝，所以村民们都要下山了。这座村庄会被淹没在湖底。那时，你们该怎么办？"

原野吃惊得喘不上气来。

——要建设大坝，这里就会沉没在水底？大家都要被冰冷刺骨的水"咕嘟咕嘟"吞没吗？要是那样，什么办法也没用啊。

草儿们和虫子们也把脑袋凑在一起商量。

"早知道当初就留下来夹在工厂中间了。"白花三叶草说。

"我问问留在那边的朋友，看看还能不能回去。"

"我也去问问留在高尔夫球场河滩上的朋友。"

"我也向留在自然公园的打听打听。"

然而，几天之后，它们寄出的三封信都贴着"收件者不详"的标签退回来了。

很明显，原野已经无处可去了。

"既然如此，我们还是干干脆脆地沉没在大坝底下吧。"狗尾巴草说。

"不，在此之前我要在报纸上打一个广告。"飞蝗说。大家表示赞成。

几天之后的报纸上，出现了这样一个广告：

急寻搬迁地点

因大坝工程，原野和原野的居民即将失去家园，请热心人为我们提供居住场

所。无论多小都可以。

代表：原野

居民姓名：蒲公英、白花三叶草、一年蓬、魁蒿、狗尾巴草、牛筋草、芒草、长鬃蓼、飞蝗、负蝗、迷卡斗蟋、铜翅虎甲、雨蛙。

大约过了一周。

一天早晨，红色的邮局车沿着山路气喘吁吁地爬上来。

"原野先生，你的信!"它话音未落，卡车后面的窗户就大打开，信件、明信片一下子滑了出来。一看，原来是邮递员在卡车里挥着铲子，就像给屋顶除雪一样，把一座又一座堆成小山的信件铲下车来。

"请一定要到我这里来。我家住的是楼房，只有屋顶。不过，我愿意把屋顶送给原野先生。这里风景很美，还有蝴蝶飞舞。"

"我家院子里住着蟋蟀。它一定能和你们成为好朋友。一个也行，两个也行，请到我家来。"

"我和妹妹琉璃子为了邀请原野先生到我家来，从山里搬来了土壤。妈妈修建了一个花坛，我们想在它旁边为来自自然的原野先生也建一个家。"

孩子们从日本全国给原野寄来的欢迎信。

原野一封一封仔仔细细地阅读了。它甚至没有注意到，山背后已经彻底天黑，还在一个劲儿地读下去。

9.
橡子捉迷藏

♣♣♣茶色蜡笔的故事

　　"你看见狐狸了吗?"园丁问橡子。园丁身穿白色罩衣,戴着白色帽子。在这样的日子里,野生动物园里总会有某个动物需要体检。

　　这座野生动物园里放养着骆驼、斑马、小袋鼠、红松鼠以及浣熊等各种动物,也有食火鸡。当然,还有印度孔雀、珍珠鸡。橡子之类的同样也是放养,因此它就在那一带滚来滚去。

　　"混账狐狸,那家伙总是躲起来嘲笑我。"园丁说,

"我得给它打流感疫苗呢。"

园丁拿着苍白的活塞注射器。注射器看起来十分清洁，刻度用白线描得一清二楚。橡子莫名其妙地感到激动不已。

"园丁先生，我不用打预防针吗？"它问道。

"你不用打。"园丁斩钉截铁地回答。

橡子沉默片刻后又说："可是我想打呀。"

"不行，这个很贵的。"园丁说。

橡子生气了："要是这样，我就更想打了。"

可是园丁装作没听见，朝着仙桃仙人掌丛走去。

园丁刚走的前后脚，打扮华丽的狐狸就走了出来，摇晃着栗子色的长尾巴。

"园丁去哪儿了？"它问道。

"你真是个胆小鬼，居然害怕打针。"橡子说。

狐狸晃晃它鼻尖上的胡须说："哪有这事？我是在玩呢。我喜欢捉迷藏。我最大的幸福就是让大家总是在找我。为什么呢？因为这证明大家需要我。可你呢，就爱出风头，在大家眼前晃来晃去，你看看，谁都不愿意搭理你。大家看你的眼神都在说：我以为是谁呢，原来是橡子啊。"

"嗯，说起来大家还真是总拿那种眼神看我。"橡子含着眼泪说。

"你像我这样巧妙地藏起来吧。这样一来，大家不知道你上哪儿去了，就会担心你，开始寻找你的。"

"原来如此。"橡子极为佩服。

狐狸"嘭"地一拍肩膀，说："今天是个好日子啊，橡子，你没花钱就从我这儿学了个好主意。对于我来说可不是好日子，白白教你一个好主意。那么，你要是见到园丁就告诉他，狐狸从成田机场出发，经过北极飞到巴黎去了。再见！"

狐狸一溜烟就不见了。

橡子不知为何感到莫名的高兴，觉得今天说不定真是个好日子。迄今为止，它一直遭到大家的无视。那一定是因为，它是一个不太需要关照和费劲照料的好学生。如果像狐狸那样总是给大家找麻烦，自然就会变成大家忘不掉的存在，也就能变成大家都需要的朋友了吧。

橡子决定，马上就学狐狸藏起来。

橡子这种小东西，要在这二十万平方米的空旷野生动物园里藏起来，实在是轻而易举。可是，要说有没有谁也发现不了的藏身之处呢？这也很难找到。山羊到处吃草，鸡迷上了高尔夫，总是把球四处乱滚，然后又去追赶它。说起鸽子吧，就连公园的工作人员都不知道到底有几百只。前几天还有游客提意见说："刚打开便当，鸽子粪就从天上掉下来，弄脏了食物，可麻烦了。"

橡子走来走去，最后没有藏身于角落，而是躲在了动物们开会时最爱聚集的广场正中央的桌子底下了。

下午四点，闭园的铃声响了。一听到这个铃声，游客们就会赶往出口。相反，动物们则向广场聚集，以便园丁点名。这时候，就连狐狸也会迅速赶来。园丁想点完名赶快回家，动物们也想快点儿把园丁送走，获得彻底的自由。

"小袋鼠、骆驼、红袋鼠、浣熊、鼹鼠、印度孔雀、橡子……"

"它不在哟。"矮脚鸡说。

"真的不在呢。"

大家喧哗起来。桌子底下，橡子的胸口莫名其妙地颤抖起来。

—— 果然就像狐狸说的那样。大家在为我担心呢。

"那家伙，不需要它的时候，倒总是在眼前晃悠。"那是鼹鼠的声音。

"掉进水池里被鲇鱼吃了吧？脑袋都秃得精光了，可做事还像个幼儿园的小孩。"

"鲇鱼恐怕也不喜欢吃那种东西吧。"

动物们以为橡子不在，纷纷说起它的坏话来。橡子心里直冒火。

——糟了，应该把录音机带来的。那样的话，就可以把说我坏话的那些家伙的声音录下来，回头好好教训它们。

大家决定开始分头寻找橡子，于是态度并不积极地四散而去。橡子这才从桌子底下爬出来，若无其事地待在广场中央。

天黑之后，骆驼用麦克风广播道：

"茶色俱乐部的各位成员请注意，非洲野驴今天过生日，请大家到广场集合。"

橡子又藏到了桌子底下。这次它当然带来了录音机，连照相机都准备好了。

骆驼、狐狸、小袋鼠和非洲野驴等茶色俱乐部的成员聚齐了。

"橡子又不在呀。"小袋鼠说。

"那有什么关系，那种东西在不在都行。"狐狸说。

"不是，这样一来，非洲野驴的礼物就会少一样，我是可怜它。"骆驼说。

非洲野驴生气了："别说了。你们以为我稀罕橡子的礼物？那家伙送的礼物呀，是它自己做的揉肩膀券一张、跑腿券一张。算了吧，我才不愿意让那家伙给我揉肩膀呢。"

大家哄堂大笑。

桌子底下的橡子又羞又愤，脸涨得通红。今年，它准备了两张揉肩膀券和两张跑腿券，放在画着金银玫瑰的漂亮信封里。

"橡子究竟为什么会是我们的一员呢？"小袋鼠问。

"我们召开成立大会的时候，它恬不知耻地跑来说：'我是茶色的，可以在这儿吧？'所以我才说：'你请便。'我以为它会回去呢，没想到它就不走了。"当俱乐部干事的骆驼说。

"不过，它不来了岂不是正好？"

"茶色俱乐部的各位！"孔雀推着手推车，迈着碎步快速走过来，车上放着漂亮的盒子。

"请抽签。这是开园一周年庆典的有奖抽签活动。一等奖是敞篷车，三百马力，最高时速二百二十公里。"

"啊？好家伙，真棒啊！"

"咦？橡子呢？"

"它不在，我替它抽吧。"

狐狸迅速地又抽出一张，当着大家的面写下了"橡"这个字。

"这个是'橡'哟。大家看清楚了。那个家伙，总爱事后发牢骚。"

——我觉得自己一直被嘲笑，一直被无视，原来是真的。我以前总是劝慰自己，是自己太多心了，不要闹别扭，可现在……我绝对不会原谅你们！这张桌子就是证据。

在桌子底下，橡子因为愤怒而浑身发抖。

很快，当皎洁的明月升到天空正上方时，孔雀开始广播：

"现在宣布中奖号码。一百一十七号。恭喜您，一百一十七号！"

动物们各自展开了自己的奖券。狐狸首先展开了橡子的那一张，然后立即把它叠好。接着又取出自己的，悄悄写上"橡"。

"喂，我以为橡子会中奖，结果根本没机会。"

狐狸把刚刚写上"橡"的奖券递给小袋鼠看。

"你的呢？"小袋鼠问。

"不行，我的已经撕掉扔了。"狐狸笑了。

忽然，狐狸的手伸到桌子底下，差点就碰到橡子了。它的指尖捏着橡子的奖券。狐狸的手指头慢悠悠慢悠悠地撕掉了奖券边缘写着"橡"的部分。橡子的照相机"啪嚓"一闪，拍下了这一个瞬间。

狐狸把手里的奖券揉成皱巴巴的一团，然后在前胸衣兜里小心翼翼地展开。接着，它和动物们闲聊起来，仿佛已经忘记了奖券的事。橡子随时都可以跳出来，但是它觉得还会发生什么，于是决定屏息静气，一动不动。

孔雀又开始在场内广播："一百一十七号中奖的，有吗？一百一十七，请大家再次确认自己的号码。"

"我的已经扔了。"狐狸一边说，一边把手伸进衣兜。

"啊，还在呢。残骸还在。"它笑着对小袋鼠说。

"喔。"狐狸低呼一声，"是这个，这不是一百一十七号吗？喂，我中奖了。是我的中了！"

狐狸站起来，比了一个"V"字。

橡子这次差点儿就从桌子底下跳出来了，但总算是忍住了。因为，既然有了可以作为证据的照片，随时都可以教训狐狸了。

——听孔雀在广播里说，奖品敞篷车会在一周年纪念的大游行那天交给中奖者。等到狐狸得意扬扬开上它，我再到大家面前揭穿真相！

橡子的想法，在它一动不动地蹲着、竖着耳朵聆听的过程中，渐渐沉淀为恶毒而充满怨恨的东西。

第二天也好，第二天的第二天也好，橡子都在桌子底下闪烁着它黑暗的眼睛，等待着别人的恶言恶语，仿佛这已经是它的爱好。

运气好录到别人说的坏话时，它感到高兴，没有谁说什么坏话的时候，它就像一无所获的猎人一样失望。

开园一周年纪念庆典的那一天终于来到。

黑猩猩们穿着镶有金色丝带的衣服，敲着铜钹入场了。

园丁跨坐在骆驼上，像阿拉伯国王似的浑身裹着白布。跟在他身后的，是开着敞篷车、得意扬扬地晃动胡须的狐狸。

来了，就是现在！橡子结束漫长忍耐的时刻到了！离开桌下的藏身之处，跃入阳光灿烂的庆典现场的时刻到了！

橡子想要奔跑。可是，它的身体纹丝不动。它想喊叫，可不知为何，嘴巴被白蛇一样的东西牢牢地封住了。

白蛇一样的东西，是从自己圆溜溜身体里爬出来的柔韧的芽和根，遍布浑身上下。

因为橡子实在是太长时间待在黑暗的地方一动不动，所以它生根发芽了。

庆典现场传来进行曲激昂的声音。动物们的鼓掌声和喧哗声在橡子听来，已经遥远得犹如梦境。

10.
花瓣的旅行

♣♣♣桃红色蜡笔的故事

河堤上种植的好几百株樱树正在盛开花朵。花下，人们品尝美食，畅饮美酒，放声歌唱，享受美好生活。

越过蓝色大海，从遥远的南方岛屿飞来的燕子们，在天空中俯瞰着粉色的花带在新翻过土的田野里绵延不绝，由衷地感叹："啊，总算回到家乡啦！"

燕子们一边赏花，一边回忆痛苦的海上旅行，谈兴正欢。

"毫不停歇地飞了三天三夜，结果还在大海上。"

128

一只燕子说。

"太无聊了，我还翻了个跟头，身背朝下飞。结果都一样，只是这次不是天空，而是大海来到了头顶上，两个都是蓝色的。"

樱花的花瓣听到了燕子说的话。樱花当然熟悉蓝天，却从来没有见过大海。和这天空同样蔚蓝、同样广阔的东西，虚假得让它难以置信。它想，真想看看啊，哪怕一次也好。

太阳西沉，春风轻轻地从低矮的山丘上吹来，樱花的花瓣们犹如出门远足的小学生，和各自的好朋友一起三三两两，欢声笑语，飘然落下。

"我想去看看大海。"花瓣小陆一边做启程的准备，一边对宛如雪花般纷纷飘落的伙伴们喊道，"和我一样想去看大海的，请拉着我的手。想去看大海的，请拉着我的手。"

可是，其他花瓣也许并不愿意去那么遥远而危险的地方，没有一个回应它。

——算了，没关系的，就我一个也可以去。我要去看看和天空有着同样颜色的地方。

小陆出发的时间终于来到。尽可能等待强风的小陆，乘着西风升到了高空。向上飞啊飞啊，从很高的地方俯视，能看见河流闪烁着白光，像蛇一样蜿蜒流淌。从这么高的地方，俯视这样小的河流，它还是第一次。

——这就是鸢平常"哗——"地鸣叫着绕圈飞翔的地方了吧。

小陆高兴起来，可是风很快就停了，它滴溜溜地转着圈往下落。

青草离它越来越近。

它轻飘飘地落在一个圆溜溜的脑袋上。那是个没有头发却像乌龟背一样有裂纹的可怕脑袋。

"啊，真是顶好帽子。"笔头菜说。

笔头菜虽然脑袋上长裂纹，脸蛋却很漂亮。看到笔头菜这么高兴，小陆想，当笔头菜的帽子也不错。

"真好看。"其他笔头菜也交口称赞。

这时候，有个声音说："呀，校长来了。"

"大家好！"

那是长着绿色光滑皮肤的雨蛙。

"校长好！"笔头菜们一起鞠躬敬礼。小陆这顶帽子从笔头菜的脑袋上飘然滑落。

飘呀，飘呀，飘呀。

风把小陆送到大约十米开外的地方。

"我找到了一个好东西！"有个声音说。同时，小陆感觉自己被六根细长的腿牢牢抓住了。

"正好我嫌冬天的被子厚了。"

那是七星瓢虫。它圆滚滚拱起的红色后背上，有七个黑色圆点在闪闪发亮。

七星瓢虫把小陆带回了自己在艾草里的家，把它当成被子用。瓢虫高兴得睡不着觉，圆溜溜的背部一会儿朝上，一会儿朝下，一会儿又侧躺，翻来覆去好几次。

"呼噜噜，呼噜噜，呼噜噜……"

七星瓢虫鼾声如雷，搞得小陆不耐烦。它盖住七星瓢虫的脑袋，说道："安静！安静！"七星瓢虫揉揉眼睛，坐起来想了想："这床被子太容易从我圆滚滚的背上滑下来了。这对蚂蚁来说正合适。我去送给蚂蚁吧。"

第二天一大早，七星瓢虫来到蚂蚁位于河畔酸模叶子底下的家。

"我刚买了夏季凉被呢。"蚂蚁想要回绝，可它看见小陆这床被子美丽又富有光泽，便说道："我说，你不觉得与其把它当成被子，不如把它当作船更好吗？把它当作这条河的渡船吧。我来当船老大。你在那边挥舞旗帜招揽乘客，挣的钱我们对半分好吗？"

七星瓢虫很高兴，觉得这是个好主意。

两个小家伙去了中华剑角蝗的织物工厂，剑角蝗给它们展示了各种各样花朵的样本。

"显眼的颜色好。"蚂蚁说。

"尽量用华丽的颜色。还有，有香味的好。"七星瓢虫说。

"如果要加上香味，就必须用兰花之类的。这样一来价钱就贵了。"剑角蝗说。

三个脑袋凑在一起，热烈地讨论了一番，最终决定用便宜又美观的鼠曲草和婆婆纳的花朵。

鼠曲草的黄色花朵做底色，再用蓝色婆婆纳的花朵织出"渡船"二字，一面大旗制作好了。

蚂蚁把旗帜竖在了青鳉鱼学校附近的河湾，那是小河最安静的地方。瓢虫则"嘀嘀嘀"吹起了草叶做的笛子。

"来吧，坐船啰，坐船啰！无论是有翅膀的，还是没有翅膀的，今年都流行坐船哟。坐上船观赏青鳉鱼、小龙虾，只要十日元！"

瓢虫很擅长招徕顾客，河滩上的虫儿们络绎不绝。有白粉蝶，还有大青叶蝉和稻蝗，就连总是在小河上悠然自得、飞来飞去的黑色蟌也来了。

就连小河的潺潺水声也让小陆感到心情舒畅。

一大群青鳉鱼宝宝们追赶着小陆，想要摸摸它，叫嚷着：

"那是云！水里漂着白云呢！"

水流清澈，因此花瓣的影子和青鳉鱼的黑影子都清晰地映在水底，和"哗啦哗啦"的水声一起摇摆。

"让那艘船沉下去！"豉母虫围着小陆一圈圈打转，转得它头晕眼花。

"看嘞，要掉下去了！看嘞，要掉下去了！"

船上的乘客除了船老大蚂蚁之外，几乎都是有翅膀的虫子。它们一见船走不动了，便展开翅膀"呼"地飞走了。蚂蚁慌忙叫道："喂！十日元！十日元！"

"哐啷！"

突然，小陆感到身体剧烈晃动，一条大红色的胳膊用力地把自己拽进了水底。

"给孩子当盘子用正合适。"

那是长着两根大钳子的小龙虾。今天早晨，小龙虾妈妈刚刚生下好几百个宝宝。吃饭时连盘子都不够用了。小龙虾爸爸正拼命找盘子呢。

"这盘子很漂亮，送给孩子的妈妈。"

小龙虾爸爸在小陆做成的盘子里盛上了水虱。

"打扰了！"一条大鲫鱼"嗖"地钻进来。

"多谢款待，多谢款待。"

"我可不记得邀请过你！"

见小龙虾生气地挥舞着大钳子，鲫鱼张开大嘴巴，连着花瓣盘子一起吞进了肚子里。它使劲儿摆动着尾巴，一溜烟就逃走了。

"哦，好了好了，这下放心了。"

鲫鱼"嗬——"地长舒一口气，只有咽下肚的花瓣"扑哧"一下被吐了出来。

"哎呀，颜色太好看了。"

鲫鱼用它两只鼓囊囊的、大圈套小圈的眼睛入迷地注视着花瓣。

"要是用它来裹便当盒，大家一定很羡慕。"

于是，鲫鱼取出熨斗，把小陆的身体熨得服服帖帖。

"我看看今天的便当吃什么好。"

它环顾四周，发现豉母虫宝宝正在睡觉，于是一口气把宝宝吸上来，然后吐到花瓣上，仔仔细细地包起来。

"这样便当就做好了。好，今天到鲇鱼家去玩玩吧。"

鲇鱼家在下游的河口。途中有两座小瀑布。鲫鱼"扑通"跳下瀑布，没想到便当也跟着掉了。

豉母虫宝宝醒了。它在花瓣中挣扎着，然后浮到水面上滴溜溜地转。

"那是什么呀?"

黄胸脯的鹡鸰叨起便当一晃，打的结松了，花瓣和包在里面的豉母虫宝宝散开了。

鹡鸰吃掉了豉母虫宝宝，花瓣小陆在宽阔的河面上悠然地随水而下。虽然小陆已经皱皱巴巴，但它依然是漂亮的粉色。两岸的油菜花开得黄灿灿的。

忽然，小陆感到水变咸了。原来不远处就是大海了。

河口的水注入大海，同时又和大海送来的波浪你推我挤。因而小陆被波浪裹挟，时而下沉，时而像漩涡一样在同一个地方一圈又一圈地打转。

然后，他感到水声忽然变成巨响，一下子就被冲到了蓝色的海面上。

"啊！大海！真的是大海！"

小陆环顾四周清一色的蓝色世界，感叹道，终于来到大海了，终于来到大海了。这就是大海——它的心被这个唯一的念头填满了，既没有感到高兴，也没有体会到寂寞。

不一会儿，它的身体忽然开始下沉，渐渐失去了知觉。

"哗啦，沙沙沙……"

"哗啦，沙沙沙……"

小陆在令人怀念的波涛声中醒来。

它的眼睛上方是透明的波浪，波浪之上，闪烁着耀眼的明亮阳光。波浪的光影犹如网眼一般晃动。

小陆轻轻伸直双腿。这时它才吃惊地发现，自己竟然有腿有脚，正踩着洁白的沙子。

自己的身体不再是薄如蝉翼的花瓣，而变成了散发着美丽光芒的硬壳。

孩子们在远处这样问：

"找到了吗？"

"嗯，这里有好多樱花贝呢。"

背着白色降落伞的夜光虫、透明的条纹长臂虾在小陆身边跳舞。还有略大一些、散发着蓝光的鱼儿。

小陆想起自己曾是一片花瓣的时候，牛虻和小鸟常常到访。

——大海和天空果然是一样的呢。

然后，它精神抖擞地向着新天地迈进。

11.
淡蓝色的自行车

♣♣♣淡蓝色蜡笔的故事

那是白色沙滩和绿色松林绵延不绝的渔夫町。一到冬天，群群海鸥飞来，数量多得连天空都变得纯白。屋瓦和道路全都被白色鸟粪覆盖。

春天，嗓音清亮的鸢"哔——呵啰啰"地鸣叫着。到了夏天，从大城市来海边游泳的人们熙来攘往，镇上的大房子立刻就变成了民宿。

小房子有的成了冷饮店，有的迅速变成只供应咖喱饭的餐馆。海滩边阿常奶奶的房子，挂出了"自行车租赁，两小时五百日元"的招牌。然后，还在入口处的玻璃门上用透明胶带贴上了写着"行李存放处"的字条。

阿常奶奶有七辆自行车，分别涂成了白色、淡蓝色、粉色、红色、黄绿色、金色和银色这七种受人欢迎的颜色。其中，金色和银色是二十二英寸的童车。

阿常奶奶特别喜爱的是淡蓝色的自行车。这是因为租借淡蓝色的客人最多，挣的钱大约是其他自行车的三倍。阿常奶奶心想——看来喜欢淡蓝色的人很多嘛，干脆都涂成淡蓝色吧。但是她没有这样做，那是因为她太喜欢淡蓝色自行车了，忍不住偏袒它。奶奶喜欢淡蓝色在其他颜色面前大摇大摆的那种孩子王似的模样。

淡蓝色的顾客主要是十四五岁的少女们。其中，那个名叫佳惠的少女，每天早晨必然会在五点来到这里，在海边的路上享受片刻。佳惠爱穿短裙，喜欢用蓝色发卡压住柔软的茶色头发。

淡蓝色的自行车也非常喜欢佳惠。因为她会骑着它，去其他人绝对不会骑到的岔路和空地。

"你们知道从月光寺左边的坡道一直向下走会到哪儿吗？"它能向其他自行车显摆也是佳惠的功劳。

在一个秋意渐起、空气微凉的早上，不知道为何，没有看见佳惠的身影。过了六点，她没有来；过了七点，她依然没有来。

"她是不是已经回东京了呀。"阿常奶奶抬头看看钟，自言自语道。淡蓝色自行车的心里感到一阵刺痛。

第二天早晨，佳惠似乎也不会来了。淡蓝色自行车担心得不得了。

——我去迎接她吧。

淡蓝色自行车趁阿常奶奶不注意，一下子冲到了外面。佳惠和朋友住在南边海滩松林中的小木屋里。

海滩的清晨，空气清爽。淡蓝色自行车在白色沙滩上轻快地奔驰，留下一串纤细的轮胎印。

"好疼！"就在听到这声喊叫的同时，淡蓝色自行车感到自己碰到了软绵绵的东西。不是沙子。就在它感觉到的时候，它已经从上面碾过去了。

"等等！肇事逃逸的凶手！"

淡蓝色自行车吃惊地停下来一看，潮湿的沙子滚动着，紧贴在上面的两只恶心的眼珠子正恶狠狠地瞪着它。然后，只见一个淡茶色、团扇似的身体把密密麻麻的沙粒推开，让淡蓝色自行车起了一身鸡皮疙瘩。

"哦，原来是鲽鱼啊。"淡蓝色自行车看一眼这扁扁的鱼，问，"还是说，你是比目鱼？"

一听这话，那条鱼说："闭嘴，闭嘴，你自己看看！"它拿出了一封信，上面写着"妈妈的信"，内容是："你绝对是鲽鱼，不是比目鱼。"

"我告诉你，这个呀……"鲽鱼解释道，"在我的一生中，常常有人问我是鲽鱼还是比目鱼。每次遇到这种情况时，连我自己都稀里糊涂，陷入冥思苦想，于是妈妈就给我写了这封信。可是，今天我真失望。"鲽鱼斜着眼向上望着，愤愤不平地嘟囔道，"因为只有你自己在。那个重要的人不见了。"

"你找佳惠有事？"淡蓝色自行车警惕地再次仔细端详鲽鱼的模样。

"嗯，我想和她交朋友。她特别棒。"鲽鱼咖啡色的脸微微一红。

"呵！"淡蓝色自行车忍不住笑出声来，"我可不愿意一大早就听到这种可笑的话。你要和她交朋友干什么啊？"

鲽鱼生气了，从嘴里"噗噜噗噜"地吐着泡泡说："你以为你还有资格嘲笑别人吗？如果你不把我介绍给佳惠，我就马上打110，逮捕你这个肇事逃逸的现行犯！"

淡蓝色自行车皱皱眉头，说："行行行，给你介绍介绍也可以。那你上来吧。我正要去佳惠住的小木屋。"

鲽鱼十分高兴，"扑噜扑噜"甩掉身上的沙子，费劲儿地爬上自行车,大模大样地命令道:"出发!"

这家伙,把车座搞得湿漉漉不说,还一股子腥臭!淡蓝色自行车在心里抱怨着,故意左右摇晃,倾倒车身,还在小石子上"砰砰"地向前跳。每一次鲽鱼虽然都"啊!""呀!"地发出惨叫,却又坚定地黏在它身上甩不下去。

松树林越来越近,犹如大号狗窝的小木屋那红黄相间的三角形房顶出现在眼前。

淡蓝色自行车看见日思夜想的佳惠正在公共厨房的入口处洗脸。

"咦?你来了。"佳惠看见淡蓝色自行车,吃惊地跑过来,"对不起,我睡了会儿懒觉。我刚焖上米饭,饭好了我们就去散步吧。"

淡蓝色自行车欣喜若狂,把鲽鱼忘在了脑后。鲽鱼"吧嗒吧嗒"地摆摆尾巴,生气地说:"赶快介绍我呀!"

"等等,等等。"自行车安抚道,然后问:"佳惠,你喜欢鲽鱼吗?"

"鲽鱼？我特别喜欢！"

一听这话，鲽鱼满脸通红，从车座上"嗖"地跳下来。

"呀，这鲽鱼不错啊。"佳惠连忙道，"我说，你别跑，千万不要动。"

"我怎么可能跑呀？"鲽鱼装模作样地回答。佳惠跑进小木屋里去拿容器。

很快，她右手拿着一口汤锅，左手拿着一个平底锅跑回来。

"你看看，哪个更好？"

深锅虽然深，可是直径也就十五厘米左右，鲽鱼的身体一半都露在外面。平底锅虽然浅，但是只会露出一点点尾鳍。

"不过，这会不会是比目鱼啊？"佳惠自言自语道。于是，鲽鱼这次又恭恭敬敬地拿出"妈妈的信"。

"我哪种都行。但是……对，我还是更喜欢鲽鱼。你不是比目鱼，是鲽鱼。"佳惠略显慌张，却温柔地抚

摸着鲽鱼的脑袋。

"哎呀，全沾上泥巴了。我用水把你冲干净吧。要说起来，真难为你特地跑到这里来啊。我是热烈欢迎哟。我还没吃饭呢。我看看……有没有黄油啊……"

"我刚吃完小虾米，你不用客气。"鲽鱼在平底锅里蠕动着，客气地说，"我不喜欢什么黄油。比起它，我更想要水。"

"水？好的，好的。"

佳惠把平底锅放在厨房的煤气灶上，然后回自己的小木屋取烹饪书了。

淡蓝色自行车非常清楚接下来将会发生的悲剧意味着什么。

"喂！蠢货，赶快上来！"淡蓝色自行车对平底锅里悠然自得、眯着眼睛的鲽鱼说，"快跑！要不然你就被吃了！"

"怎么会呀？"鲽鱼笑了。

这时候，两个少女走进来，是佳惠的朋友。

"还真是鲽鱼呢！也不知她是怎么捉来的。我们来半条吧。反正佳惠一个人也吃不完。"

"是啊，我们去跟佳惠说说吧。我想吃尾巴。"

两个少女离开后，鲽鱼拼命蹦出平底锅，摔在地上。

它上气不接下气地爬上淡蓝色自行车，呻吟道："快点儿，快点儿！"

"做一条法式黄油烤鱼，我们三个把它分了。"佳惠的声音说。

"可是，我们想煮着吃。倒上酱油和甜料酒，再放点儿姜。"

淡蓝色自行车一边听着身后的这番对话，一边缓缓地转动脚踏。它没有全速逃跑的心情，对几乎紧紧黏在车座上的鲽鱼抱有的厌恶之情也和刚才一样。

回到厨房的佳惠发现鲽鱼不在了，淡蓝色自行车也消失了，于是出来寻找它们。

她走出松树林，踏着白色沙滩来到海边。她看见淡蓝色自行车正孤零零地立在岸边。

少女跑过去问："我的鲽鱼呢？"

"刚才那条鲽鱼，突然说它非要回家不可，所以我就把它送走了。"

"哼，它可真不礼貌呀！"佳惠噘起嘴来。

"要不然我再叫它来？"淡蓝色自行车假装若无其事地问。

"你叫它来吧。"

"鲽鱼，鲽鱼，佳惠在找你呢。"

这时，鲽鱼在"哗啦哗啦"冲过来的小浪花之间露出了它土黄色的脸，转瞬即逝。

耳边清楚地传来一声"再见"。

"它好像哭了。"淡蓝色自行车说。

"总是浸泡在水里的东西，"少女瞪大眼睛反问道，"有必要哭吗？"

太阳升得很高了，辽阔的大海闪烁着耀眼的光芒。带着咸味的海风"沙沙"地轻拂少女柔软的茶色发丝，宣告夏天真的已经结束了。

12.
草莓村

♣♣♣红色蜡笔的故事

打开蜡笔王国的地图看一看。西北的辽阔土地是纯白色的。山川、城镇、神社……这类地图符号一个都没有，只写着"草莓村"几个字。草莓村无论是过去还是现在，都是无边无际的大沙漠。白天热得像烈火炙烤，晚上又冷得连骨头都要结冰。白昼和黑夜交替的时候，沙漠上就会刮起猛烈的风暴。美丽的圆锥形白色沙丘，一下子就被吹散，而其他地方又隆起新的沙丘来，还出现白子似的大坑。这种情况是没有办法画地图的。就算修路也没用，很快就被掩埋在沙子底下。

这样的沙漠，为什么会叫草莓村呢？

黄金大王十四世是一位仁慈的大王，可他唯独有一个缺点，就是太爱开玩笑。

他曾假扮城堡的看守戏弄大臣，也曾把盐放进咖啡的白糖罐，而那咖啡是为内阁会议准备的。

有一回，他一展开外国大使献上的国君签名信函，就顿时脸色大变，喊道："哎呀，这不是对我们国家的宣战书吗？别让这家伙活着回去！"

大臣们一听，脸色变得煞白，大使也吓得浑身发抖。可实际上，那封书信是擅长钓鱼的邻国国王给大王的邀请函，请他在生日那天"去三日月湖泛舟，比赛钓鱼，一决胜负"。

因而，大家背地里把大王称为"爱撒谎的国王"。然而在国王看来，无论哪个大臣还是哪名随从，总是恭恭敬敬，说的话也只有固定的五六种，比如："您说得对。""我这就照办。""真是感激涕零。"大王早已厌倦了这种情况，也难怪他总想设法吓唬他们，让他们露出真面目。

有一天，大王按照计划，要花几天时间去视察王国的主要城市。

在出发前一日的内阁会议上，大王开玩笑说："那么，明天我们终于要去沙漠探险了。骆驼都准备好了吧?"

可是，大臣都已习惯，并不吃惊，若无其事地回答道："已经准备好产自阿拉伯的双峰骆驼八头，产自非洲的单峰骆驼八头，还安排了卡车运送三吨水。"

"牛奶怎么办? 还有白糖呢?"大王忽然问，"我们是去采摘草莓的。要是没有牛奶和白糖可怎么办呢?"

"是啊，要说起那沙漠里的草莓的味道，我都想流口水呢。"一位大臣迎合道。

"对啊，有高尔夫球那么大呢。"另一位大臣说。

"傻瓜，草莓就是草莓，也就平常大小。不过，要说起那红彤彤的颜色、甜美的香味，真是太棒了。"听大王这样说，大臣们都眯缝起眼睛，那样子看起来似乎馋得口水都快流出来了。

面对大王的胡说八道，大臣们应对得既不怯懦也不慌张，反倒让大王感到很没劲。

—— 对呀，我干脆悄悄出门去趟沙漠吧。那帮家伙肯定会惊慌失措。臣子们都叫我"爱撒谎的国王"，可是我刚才已经明明白白地说了，我要去沙漠采摘草莓，所以这次不算是撒谎。

大王当天晚上召集了十个他中意的随从，安排好二十头双峰骆驼，满满当当地载上了水、食物、裘皮大衣和帐篷等物资，在破晓时分，打开城门悄悄出发了。

傍晚，十二位大臣气喘吁吁地快马加鞭，总算追上了大王。

"我们陪您去采摘草莓。"大臣们纷纷说道。

大王说："你们替我去视察城市，然后乖乖等我回来，我会从沙漠里给你们带回草莓作为礼物的。"说完，把他们都赶回去了。

然后，大王一行终于进入了沙漠。

纯白的沙子一望无际，炙热的阳光照在身上，眼睛疼得都睁不开。接近五十度的高温，酷热难耐。每一位的脸上都沾满了白色颗粒。那不是沙子，而是喷出的汗水干了，只剩下盐粒还留在额头和面颊上。

当太阳开始沉入西方的地平线时，风吹了起来。那是被称为"傍晚暴风"的西风。这时候，沙子被高高地卷上天，队伍无法行走，只能蹲在地上一动不动。然而，如果不仔细考虑风向，又会立刻被沙子掩埋。说起那沙子，刚开始的时候热得能把人烫伤，然后慢慢冷却。等到它变得冰凉，"傍晚暴风"也就停了。

深蓝色的天空露出来了。虽然风已经停了，可还是有白色沙粒从空中飘落。这次又下起了雪。

洁白的雪花飘然落下，层层累积在风刚刚捏出来、堆起来的圆形山丘和长方形台子上。

"我们的探险活动，要进行到哪一步才行啊？"一个随从代表大家提出了疑问。

"进行到草莓采摘为止。"大王回答。大家都一言不发，注视着只有白沙和白雪的世界。骆驼们也闭上了睫毛长长的眼睛。

随从们忧心忡忡：怎么做才能让大王高高兴兴地提出回家呢？怎么做才能创造这种机会呢？谁都不知道这片沙漠有多大，而且，走得越深，一定就越容易迷路。

"好了，前进，朝着未知的国度前进。大家穿上御寒的衣服。"唯有大王一人精神抖擞。穿上裘皮大衣的一行人刚出发，雪就停了。

在暗青色的清澈天空中，满天繁星开始散发光芒。空气中所有的水蒸气都被榨干，变成雪花飘落后，整个沙漠变成了美丽而清冷的世界，就连天空仿佛都要飞快降落。

"啊，多么美丽的风景啊！山峦丘陵都像水晶凝结而成。还有星星眨巴的大眼睛……我刚才就发现，它们在不断地靠近我们呢。咦？好像有谁在说话。"

正如大王所说，在遥远的地方似乎有动静，从极具张力的夜幕中传来。

"我去看看。"

一名随从骑着骆驼飞驰而去，消失在冰山的那一面。他很快就回来了，汇报道：

"大王，那是雪人。雪人在滑雪，还砌了滑梯玩儿。冰山就是理想的滑梯呢。"

"那太有意思了。我们也加入吧。"

越过一座冰山，他们看见雪人们有的打滚、有的溜冰，跑来跑去。看起来有两三百个雪人。

"旅人们，你们要去哪里啊？"一个上了年纪的雪人问。

"我们要去采摘草莓。"大王说。

"那可远着呢。"雪人并不吃惊也不诧异，大王反倒觉得很奇怪，于是问道：

"草莓田该怎么走呢？还要多长时间啊？"

"朝这边走。还要三天三夜呢。"雪人严肃地说。

"朝这边走三天三夜，就能采摘到草莓，对吗？"大王确认道。

"是的，三天三夜。"

雪人若无其事地回答。

大王在雪人建造的滑梯上玩了一会儿，撑起帐篷，把随从召集到一起，认真地询问：

"你们觉得雪人说的话是真的吗？"

"肯定是胡说八道。冰天雪地里怎么可能长出草莓呀？"随从们回答。

"这番美景既然我们也尽情欣赏了，还是早点儿回城堡的好啊。"

大王摇摇头：

"雪人的确是帮滑稽糊涂的家伙。不过，我认为雪人和我一样，虽然爱开玩笑，但是不会撒弥天大谎。"

"就算雪人说的话是真的，我们的食物和水也不够走上三天三夜的。还必须考虑到迷路的可能性。这种情况下，请您把安全放在第一位。"

然而，大王一想到大臣如果看见他从沙漠里带回的草莓，一定会目瞪口呆，就又精神百倍了。

"我相信雪人。而且，我答应要给大臣们带草莓作为礼物。我必须遵守我的诺言。总之，如果现在回去，就是胆小鬼。"

既然大王说出了"胆小鬼"这三个字，随从们也就只能无奈地继续前进了。

一行人又在这个白天五十度、晚上零下二十摄氏度的多变世界里走了两天两夜。

第三天，趁着傍晚风暴刮起，大王在帐篷里迷迷糊糊打盹儿，随从们商量起来。

队长说：

"大王那么有精神，是因为有我们的保护。我们现在暂且躲起来，留下大王一个人怎么样？大王心里没底，肯定想早点儿回城堡。然后，我们再找到大王追上去。到时候我们再请大王早点儿回去，他一定会像个孩子似的点头的。"

"这是个好主意啊。"

随从们说。

"大王和孩子一样，要是被狠狠吓唬一回，他就立刻能明白，冰天雪地的草莓田还是不去的好。"

"那么，等傍晚风暴停止，我们先出发，然后在下雪时把大王一个人留下。"

大王完全没想到随从竟然制定了这样一个作战计划，一醒来就主动把随从叫醒，说："走吧，草莓田不远了。出发，出发！"

在飞舞的粉雪中，走着走着，不知不觉大王的骆驼就走到了第一个。然后，当他发现时，跟在自己身后的随从一个人都没有了。

大王连忙让骆驼调转方向去寻找随从们，然而这是没有任何目标的白雪沙漠。骆驼不知朝着哪个方向前进，一眨眼就真的迷路了。很快，雪停了，和往常一样，冰山散发光芒的夜晚又降临了。

千千万万颗星星就像撒在黑色天空中的黄金颗粒，明亮得简直可以看书。而且，不知是不是心理因素，他感到光线越来越亮。

在天空很低的地方，犹如倒扣臼子一般的一座座冰山顶上，星星闪烁着明亮的光芒。

大王仰望头顶，大吃一惊。头顶正上方的天空黑漆漆的，一颗星星都没有。而唯独地上很近的地方，闪烁着无数颗星星。

很快，只有一座山的对面开始散发金色的光芒。大王不由得骑着骆驼向那里奔去。

他心里怦怦直跳，觉得自己一定会遇到危险。可是，大王却又像被恶魔吸引了一般，朝着闪闪发光的山上疾驰。

大王来到山顶向下一看，不由得目瞪口呆，像石

头一样僵立在原地。这是怎样的一番景象啊！

眼前是冰雪覆盖的广阔原野，闪烁着金光的星宝宝们围成一个圆。圆圈里是星星点点发光的红色东西。那是草莓。那是冰上的草莓田。

星宝宝们一个接一个地在摘草莓。喧闹声犹如轻拂而过的微风。也许那就是星星们的声音吧。而且，甜美的草莓从清澈夜晚的最深处飘上来。

没多久，星宝宝们几乎摘完了所有的草莓。成千上万束金色的光芒朝着天空升起。那是星宝宝们要回夜空了。不知何时，微风似的喧闹声也消失了。

四周又变成沙漠的时候，大王战战兢兢地来到曾是草莓田的雪地里。

找到了。这不是还剩下一颗红彤彤的草莓吗？闪闪发光，看上去十分美味的草莓。大王忘我地想把草莓摘下来。可是，绿色的藤蔓从冰下不断"哧溜哧溜"长出来，无论怎么拉扯，藤蔓都不断。

"那是摘不下来的哟。"大王听见有人说。他吃惊地一看，是一匹小如老鼠的金色小马，背上长着翅膀。那是秋季星座天马座的孩子，负责看守草莓田。

"这些草莓是星宝宝种的，人类就算想摘也摘不下来。"

"那我可以在这里吃吗？我是蜡笔王国的黄金十四世大王。"

大王礼貌地自报家门，请求金色的天马答应他。

"哦，您就是爱撒谎的国王吧？"小马轻笑道，"不过，您要是吃了它，就不能撒谎了哟。"

"哦，这简直就是为我种的草莓嘛。"大王没有细想，开口就说，"我有个毛病，总是忍不住撒谎，这让我的随从们很头疼。我也想改掉这个毛病。"

"那个草莓应该比大王迄今为止吃过的所有东西都美味。不过，我不建议您吃。"

"吃了之后会发生什么怪事吗？"大王终于抑制住了想吃的欲望。

"那倒不会。"金色小马说，"只不过，这是星星的食物，因此你吃了也会闪闪发光地飞起来。仅此而已。"

大王不听劝，抓起草莓藤，把果子放进了嘴里。

伴随着一股清香，满嘴都是清爽的甜美滋味。在这滋味穿过喉咙，经过食道，最后落入胃里的过程中，大王感到自己浑身上下都像有了舌头一样能尝出滋味。

大王闪闪发光地飞向了天空，犹如流星，缓缓飞起。

"啊！那是大王！飞起来了！"

"还光灿灿的呢！"

随从们拼命追赶大王。

大王越飞越高，穿过沙漠，落在了城堡旁边的公园上。这时候，他才感到自己如梦方醒。

过了两三天，为了庆祝国王平安无事，沙漠探险成功完成，王宫在城堡的大厅举行了庆祝宴会。

"我给那座沙漠起名为'草莓村'。因为那座沙漠里种植着全世界最美味的草莓。来吧，各位，来尝尝我带回来的礼物——沙漠里的草莓！"

闪闪发光的红彤彤草莓盛放在巨大的银盘里，一个接一个地送上来。当然，那是在城堡温室里栽培的草莓，可是大王认为，如果不那样说，以后就没有人再相信他说的话了。

结果，一个奇怪的铃声突然"叮——"地响起。大家都竖起耳朵，然后疑惑地凝视着大王。

因为大家发现，那个声音是从大王身体里发出的。

大王也竖起了耳朵——自己的肚子的确在不断鸣叫。大王猛然间想起了金色天马说的那句话："吃了它你就不能撒谎了。"他这才明白这意味着什么。

大王慌忙站起身，改口道：

"当然，我没有办法从沙漠里把草莓带回来。因为，在那样的酷热之下，草莓立刻就会变成草莓干。但是，它的的确确比诸位现在正在品尝的王宫草莓要好吃一百倍。"

话音刚落，大王身体里的铃声就停了。

后来，大王的身体每天还会响上好几次。每一次大王都会自言自语地说：

"星星这家伙认真得过了头。连幽默感都不明白。我是最喜欢人类的。"

然后，他又不甘心地补充道：

"如果我平常再认真一点儿，星宝宝草莓田的事，大家就都会相信了。"

"我们都相信，大王。"随从们点点头，眼底露出了笑意。

后记

"叮——,叮——"

大王的肚子又响了。

"哎呀,这是真的。"大王越这样说,这"叮铃铃"的声音就越大。

"吵死了。大王真固执。快点儿承认自己在撒谎不就行了吗?"

小正刚要伸出两手捂住耳朵,就醒了。

已经是亮堂堂的早晨了。

外婆洪亮的声音从走廊里传来。外婆早上精神好极了,而护士却困意十足,有气无力地回答着。

外婆的拖鞋声越来越近。

她轻轻地推开门，应该是以为小正还在睡觉吧。

"早上好!"小正想精神抖擞地问好，可是嗓子眼里还是干巴巴的。

"你已经起来了呀。护士阿姨说，早上可以喝米汤了哟。"

小正不由得高兴起来。

"还有，到了晚上呀……"外婆从手提包里取出什么，拿到小正面前。

草莓的香味扑面而来。那是一盒草莓。

一颗颗红彤彤的润泽草莓就像有生命似的注视着小正。

"可以吃两三颗草莓了。"

啊，大王吃的草莓——小正心想，肯定和它一样好吃。而且，小正也一定会成长为不撒谎的少年。

"妈妈也吃了吧，做完手术之后?"小正问。

外婆莞尔一笑，仿佛在说，你猜对了。